그리고 나를 사랑했다

작가의 말

주변에 나의 약점을 쥐고 나의 자존감을 사정없이 떨어뜨리는 친구가 있다면 여러분은 어떻게 하실 건가요? 아마도 많은 사람이 도망가라고 조언할 겁니다. 과감히 차단하고 이웃에서 삭제하여 그의 영향력에서 멀어지라고 말입니다.

그런데 가끔은 궁금합니다. 그 친구는 도대체 왜 그러는 걸까요?

저마다 SNS 계정을 만들어 팔로워를 유인하는 요즘 세태에서 그 답을 찾을 수 있습니다. 우리는 사람들이 자신을 다스려 줄 강력한 존재를 필요로 한다고 믿기에 필사의 힘을 기울여 팔로워 수 늘리기에 도전합니다. 팔로워 수는 이 시대의 권력입니다.

이는 온라인에서만 벌어지는 일은 아닙니다. 우리들의 교실, 우리들의 가정, 우리들의 놀이터에서도 일어나는 일입니다. 이를테면 뉴스도 잘 보지 않는 여든의 할머니가 자식들에게 영향력을 행사하기 위해 수단과 방법을 가리지 않는 모습을 상상해 보십시오. 그렇습니다. 이것은 어디에서나 볼 수 있는, 우리 시대 사람들이 살아가는 평범한 모습입니다. 그러니 도망갈 곳이 있을 리 없습니다. 차단하고 또 차단해도 비슷한 사람들이 새로운 옷을 입고 나타나 먹잇감으로 삼기 위해 나를 둘러쌉니다.

청소년 소설 《그리고 나를 사랑했다》는 이 문제를 사귀는 사이인 지석이와 영서, 자매간인 영서와 윤서라는 1:1 관계로 배치하여 이야기를 풀어 갑니다. 나는 영서의 서사를 통해 정말 힘을 가진 것은 우리 각자라는 사실을 다시

남상순 글

그리고 나를 사랑했다

풀과바람

차례

"

그리고 나를 사랑했다.

"

마음 벌레의
걸음마

화장실 거울 앞에서 양치하고 있는데, SNS 알림 소리가 두세 번 들렸다. 집에는 혼자뿐이므로 자기 휴대전화에서 나는 소리겠지만, 영서는 별 느낌 없이 양치질을 계속했다. 설날 아침이었고, 가족들은 명절을 쇠기 위해 충주로 내려간 참이었다. 곧 고3이 된다는 이유로 고난의 귀향 행렬에서 면제받았으나, 책을 펼쳐본 지는 30시간이 넘었다.

> 아침은 먹었니?
> 국 냄비는 베란다에 있으니까 데워서 먹고.

영서는 알림으로 이어지는 엄마의 목소리를 묵묵히 되새겼다. 어제 저녁에도 같은 문자를 받았다. 엄마가 했던 말을 하고 또 하는 이유는 영서가 미덥지 못하기 때문이 아니라 해야 할 말을 꾸준히 반복하는 데서 오는 만족감이 소중하기 때문이다. 아침을 먹었느냐는 질문이면 엄마와 자식 간의 대화로 충분했고, 그것이 반복되면 닭이 달걀을 낳듯이 뿌듯한 충족감으로 이어진다고 믿는 것이 엄마의 생활 관념이었다. 거기서 무언가 흐트러지고 꼬인다면 그 책임은 영서가 남몰래 져야 할 부담으로 남았다.

윤서 언니를 내세워 영서를 관리하는 것도 엄마가 선택한 자녀 양육의 방법이었다. 언제나 바쁘다는 핑계가 앞섰지만 세대 차이에서 오는 부작용을 줄일 수 있었던 것은 어느 정도 사실이었기에 언니를 통해 영서는 가끔 엄마라는 말을 타고 자신을 향해 돌진하는 처녀 사냥꾼의 환상에 시달렸다. 그 환상은 영서의 태명이 개똥이였다는 사실과 연계되면서 지금껏 유쾌하지 않은 기억으로 남아 있다. 다행히 그동안 영서는 엄마의 속을 심각하게 썩인 적이 없었고, 이렇다 할 소란을 일으키지도 않았다. 물론 국을 데워서 아침을 잘 먹었다는 문자 같은 것도 보내본 적이 없다.

영서는 힘이 빠져 칫솔을 잡은 손으로 세면대를 짚고 거울을 들여다보다가 거울 속 아이의 모습이 너무 추레하고 못나 보여서 하압, 하고 가쁜 숨을 내쉬었다. 기다시피 방에서 나와 겨우 양치질을 시작한 이유는 방 안 어딘가에서 고약한 냄새가 났기 때문이다. 할아버지네 양계장에서 나는 냄새와 밭에서 나는 거름 냄새가 2 : 8 비율로 섞여 있는 것 같았으나 그것이 자기 몸에서 나는 냄새라고 의심하지는 않았다.

'양치질도 하고 머리도 감고 샤워도 해서 사람으로 돌아오자.'

하지만 지난 30시간 동안은 그런 기본적인 것마저 불가능했다. 이러면 안 된다는 거 다 아는데도 자신이 마음대로 되지 않아 속이 상하고 자존심이 무너졌다. 누군가 쉽게 무너지곤 하는 자신을 붙잡아 줬으면 좋겠다는 생각은 처음 든 게 아니었다. 영서는 고등학교에서 자신을 도와줄 솔메이트(soulmate)를 물색해 왔고, 마침내 찾았으며 지금은 그를 잃었다.

옷소매를 이용해 치약으로 범벅된 입술을 쓱 문질렀더니 감정 변화가 일어났고, 그것이 쾌감에 가깝다는 생각이 들었을 때는 얄궂다고 느꼈다. 지금껏 한 번도 해 보지 않았던 소소한 일탈이 옷소매로 치약을 닦는 것이었어? 피식, 쓴웃음이 지어졌다.

그때 보이지 않는 몸의 어딘가에서 눈물 비슷한 것이 딱 한 방울쯤 솟아난 것 같았다. 샤워까지 하면 기분이 한결 나아지겠지만 아직은 무리였다. 밥을 한 숟가락이라도 먹어야 샤워할 힘이 생길 것이다.

화장실을 나가 부엌으로 걸어가는데 SNS 알림 소리가 또 들렸다. 뭐지? 생각은 함수 방정식에 따라 흘러갔다. 엄마가 아니거나 엄마가 아닌 사람이 보낸 메시지가 섞여 있을 확률이 현저히 높다는 판단에 그동안 숨죽이고 있던 심장 속 마음 벌레가 콩콩거리며 걸음마를 떼었다.

하지만 휴대전화를 확인하기 위해 방으로 돌아가지는 않았다. 지석이가 보낸 메시지일 리는 없었다. 그럴 가능성에 대비해 영서는 지석이와의 소통 창구를 완벽히 차단해 둔 상태였다. 하지만 자신이 'neighbor'라는 단어를 격하게 좋아한다는 사실을 영서는 동시에 기억했다. neighbor는 항상 어딘가로 연결되어 있는 거기이다. 철통같이 차단해서 막았으나, 그 어느 틈에 생긴 구멍으로 지석이가 돌아오기를 간절히 바라고 있는지도 모른다.

'다른 사람 번호로 메시지를 보냈을 수도 있는 거잖아.'

매우 불퉁한 목소리 하나가 툭 끼어들었다. 불만이 가득 차 있었다. 결국 방으로 돌아가 휴대전화를 확인했으나, 무지개 빌라 단체 채팅방 메시지임을 알자 허탈감에 힘이 빠졌다. 날씨가 그다지 춥지는 않았기에 채팅방 메시지에 긴장할 필요는 없었다. 영서는 대수롭지 않게 생각하며 스르르 침대 위로 누웠다.

지석이와 처음 만난 순간이 촉촉한 느낌으로 되살아났다. 작년 3월 4교시 영어 수업(수준별 수업이라 반이 뒤섞여 있었다)이 막 끝나고 아이들이 다투어 급식실로 향하고 있을 때였다. 영서 역시 밥을 먹으러 가기 위해 시청각실 3분단 마지막 자리로 접근하고 있는데 저만치에서 볼펜 한 자루가 바닥으로 툭 떨어졌다. 남자아이 두 명은 못 보고 지나갔으나, 영서는 걸음을 멈추고 볼펜을 주워 들었다.

"이거……."

그것이 둘 사이의 역사를 만든 첫 포문이었다. 한동안 1969년 7월 20

일. 닐 암스트롱과 버즈 올드린이 달에 처음 발을 디딘 것에 못지않은 의미 있는 그림이라고 믿으며 그 순간을 기렸다. 그런가 하면 나중에 그 일을 회상할 때마다 영서는 얼굴을 붉히곤 했는데 큐피드가 종소리를 딸랑거린 로맨스 장르 1막 1장이라는 부끄러움 때문이 아니라 자신이 온전하지 못한 언어를 구사했다는 자책감에서였다. 게다가 무슨 죄라도 지은 사람처럼 목소리는 왜 그렇게 작고 움츠러들었는지.

6반 아이 지석이는 달랐다.

"고마워."

짧은 감탄사였지만 영서네 학교에서 제일 잘생긴 남자아이답게 자신감이 넘쳤다. 식당 앞에서 영서를 따라붙고 난 뒤 지석이의 흥분은 고조되었다.

"너, 2반이지? 이름은 서영서. 너 되게 착하다."

반응하지 않고는 도저히 배겨낼 수 없게 만드는 그의 들뜬 목소리는 곧장 영서의 귓속 달팽이관을 거쳐 목구멍 편도를 한 바퀴 돌더니 가슴 속 뜨거운 바다로 낙하하여 마음 벌레를 낳았다.

며칠 뒤 영서는 같은 반 친구 김민지와 이런 대화를 나누었다.

"나에게 학원을 전혀 다니지 않는 게 사실이냐고 묻더라. 그렇다고, 왜 그딴 걸 물어보냐는 식으로 대답했더니 뭐라는 줄 아니?"

"뭐랬는데?"

"착하기만 한 줄 알았는데 참 멋있대. 그 말 듣고 나 쓰러질 뻔했잖아."

김민지는 이러니저러니 비평은 하지 않았고 표정을 바꾸지도 않았다. 대신 전후좌우의 맥락을 가차 없이 잘라내더니 이렇게 허를 찔렀다.

"너를 의식해 일부러 펜을 떨어뜨린 건 아닐까?"

"무슨 소리야?"

"지석이 걔, 온 세상이 자신을 시중들고 있다고 믿는 스타일이잖아. 무엇보다 바닥에 떨어진 볼펜이라니, 너무 상투적인 거 아니야?"

김민지는 성적도 외모도 별 볼 일 없지만, 말발 하나는 끝내주는 친구여서 뻔해 보이는 것이 눈에 띄면 가차 없이 소금을 뿌려 상대를 혼쭐냈다. 뒤늦게 야차 싶었으나 그 순간을 즐기면서 넘어갈 수 있었다. 사실 그때는 지석이와 잘될 줄 몰랐기에 '시중'이라는 단어에 신경을 곤두세울 필요는 없었고 남의 이야기처럼 얼마든지 유체 이탈이 가능했다. 영서는 깔깔거리며 웃어넘길 수 있었다.

김민지의 바람과는 달리 볼펜을 주워 건넨 지 열흘 만에 영서와 지석이는 1일을 선언했다. SNS에 '+1'이라는, 콩알에 금박을 입힌 것 같은 간단한 문구가 이벤트의 전부였지만, 학교를 떠들썩하게 만들기에는 모자람이 없었고 지석이는 그 순간을 유난히 강조하면서 즐거워했다.

"우리는 고등학교 2학년이니까 학교 안에서 주로 만나자. 밖에서 만나는 건 한 달에 한 번이면 충분해, 그렇지?"

그런 제안을 왜 SNS로 하느냐고 물었더니 지석이는 영서를 배려한 것이라고 거듭 주장했다.

"네가 문과 1등을 놓치는 걸 나는 바라지 않아."

그런 지석이가 고마워 영서는 문득문득 가슴이 울컥거렸으나, 그 순간 '반사'를 쏘아 주지 못한 것은 두고두고 후회스러웠다. 영서는 문과 1등을 놓친 적도 있지만, 지석이는 이과 1등을 놓친 적이 없었다.

그사이에 또 알림이 울려 휴대전화를 열고 무지개 빌라 채팅방으로 들어가 봤더니 긴 문장으로 이어진 메시지 몇 개가 화면을 채우고 있었다. 그냥 닫으려는데 501호라는 글자가 시야에 들어왔다. 501호는 영서네 집이었다. 그렇더라도 내용을 훑어볼 엄두는 나지 않았다. 영서는 손가락 까딱할 힘조차 남아 있지 않았다.

나무입니다,
조심해 주세요

영서는 침대 위에서 큰대자로 몸을 펼쳤다.

"네가 내 기분을 알아주지 않고 건드렸잖아. 너 때문에 내가 얼마나 힘든지 알아?"

그 말을 하던 순간의 지석이 얼굴이 떠올랐다. 묘한 눈빛에서 흘러나오던 번들거림은 지석이가 아니라 영서 자신의 환상 같았다. 결코 되새기고 싶지 않은 환상이었다. 30시간쯤 전, 헤어지자고 먼저 말한 것은 지석이었다.

"그래, 그러자."

홧김에 동의한 것은 아니었다. 네가 헤어지겠다면 그렇게 해야지. 내가 네 수준을 못 따라가 생긴 문제라면 다른 도리가 없는 거잖아. 그런 의미였고 합의라도 한 듯 서로 고개를 끄덕이며 각자의 집으로 흩어졌다. 명절 연휴가 막 시작된 참이었고 영서는 침대 위에 죽은 듯이 엎드린 채 30시간 이상을 보냈다. 하지만 이제 일어나야 할 시간이었다.

'너 안 이랬잖아. 이런 애 아니잖아. 어서 세수도 하고 밥도 먹고 움직이라고.'

영서는 자신을 으르며 달래고 있었다.

SNS 알림 소리가 또 들렸다. 무척 성가신 일이었지만 휴대전화를 열고 하릴없이 무지개 빌라 채팅방으로 들어갔다. 501호에 대해 무슨 뒷담인지 알아둘 필요가 있었다.

재산 소유권, 재산 침해 같은 단어가 수두룩했으나 요지가 무엇인지는 가늠이 되지 않았다. 내용을 파악하려면 안경을 찾아 쓰고 집중해서 읽어야 할 것 같았다. 영서는 알고 있었다. 채팅방을 나서면 지석이의 못된 말들에 짓눌릴 것이다. 어지러워도 읽어 보는 게 참혹한 '현타(현실 자각 타임)'를 봉쇄할 유일한 수단이었다. 무엇보다 501호가 화제의 중심이 아닌가 말이다.

영서가 식당을 운영하는 엄마 아빠를 대신해 무지개 빌라 채팅방에 들어온 것은 두어 달 전이었다. 공동주택에서는 겨울철이면 세탁기 사용이 불가하다든가 하는 긴급한 문제에 직면하곤 하는데 엄마가 메시지를 열어보지 않아 문제가 된 적이 한두 번이 아니었다. 빌라 반장은 자신이 "지금 1층 하수구가 얼어 물이 역류하고 있으니 세탁기를 사용하지 마세요."라고 글을 올리면 집집이 "네."라고 즉시 확인해 주기를 원했고, 그 필요 때문에 엄마는 채팅방에서 나오고 영서가 대신 들어간 것이다.

"내가 이런 일까지 해야 해?" 영서가 불만을 표출했을 때 엄마는 "그럼 내가 하랴?"라고 했고, 윤서 언니는 "창피하게 내가 그런 델 왜 들어가니?"라고 해서 얼마나 어이가 없었는지 모른다. 윤서는 맏딸인데도 먼 곳에 있는 대학에 다닌다는 이유로 집안의 궂은일에서 늘 빠졌다. 지금은 방학이라고 항변해 봐도 거꾸로 가는 엄마의 시계는 늘 엉뚱한 결론으로 영서에게 패배감을 안겼다.

'다른 아이들은 반에서 1등만 해도 공주 대접을 받는단 말이야. 나는 전교 1등을 했는데도 왜 알아주지 않는 거야?'

그 말을 왜 입 밖으로 꺼내지 못하고 입속으로만 웅얼거렸는지 영서 자신도 모르는 수수께끼였다. 두어 달 동안 무지개 빌라 채팅방이 영서를 건드리거나 귀찮게 한 적은 없었다. 그런데 설날 아침인 오늘, 도대체 무슨 일이 벌어지고 있는 것인가. 영서는 몸을 일으키고 나서 안경을 찾기 위해 방 안을 돌아다녔다.

오늘 올라온 메시지를 세 번쯤 읽고 나서야 상황 파악이 가능했다. 스무 줄도 넘는 긴긴 글이 계속 이어졌지만 주로 대화를 나누는 사람은 502호와 402호였고 그들은 영서네 주차 칸을 서로 사용하기 위해 다투고 있었다. 영서네 집은 차가 없었다. 아빠는 아침마다 왕십리 새벽

시장으로 가서 시장을 본 뒤 택시를 타거나 버스를 이용해 가게로 돌아오는 답답한 사람이었다. 작은 용달차라도 있어야 한다는 의견이 나온 적은 있지만, 엄마나 아빠 중에 누가 면허를 따야 하느냐로 시비가 붙으면 이야기는 결국 흐지부지 없던 일이 되었다. 앞뒤 맥락으로 볼 때 그동안 영서네 주차 칸을 사용하기 위한 신경전이 이만저만하지 않았던 것 같고, 어젯밤에는 설 쇠러 온 502호 친척이 차를 먼저 주차해 버리면서 한밤중에 차를 빼라 말아라 하며 큰 소리가 난 모양이었다. 지금은 명백히 2차전을 치르고 있었다.

혹시 이 문제를 알고나 있는지 확인하려고 엄마에게 전화를 걸었으나 받지 않았다. 영서는 채팅방에 방금 올라온 메시지를 읽었다.

> **502호**
> 주차 문제는 501호가 제기해야 법적으로 맞는 것이고 집을 임대해도 일단 거주하면 주민이라도 임차인 거주 공간을 함부로 침해하면 불법이죠.

> **402호**
> 본인 주차 공간 외까지 불만이라니 정말 의외입니다. 편하게 사용하실 때 고맙단 말 한마디는 하셨나요?

스멀스멀 화가 치밀었다. 허락하지도 않았는데 501호 주차 칸을 서로 차지하려고 안달이었다. 게다가 501호가 채팅방 안에 들어와 있다는 사실을 떠올리면 조롱도 이런 조롱이 없었다. 그동안 가족을 두고 이런저런 불만에 시달렸음에도 영서는 그 순간 501호 사람이 되었고 가장 못지않은 책임감을 느꼈다. 엉성하게 걸친 안경을 바로잡으며 영서는 글자를 쳤고 망설임 없이 전송을 눌렀다. 그리고 자신이 올린 글자를 물끄러미 들여다보았다.

> 명절이든 평소에든 우리 집(501호) 주차 공간이 비어 있다고 차를 주차하지 말아 주세요.

저희는 그곳에다 나무를 심을 겁니다, 라는 문장을 덧붙이려고 하는데 502호가 즉각 반응하고 나섰다.

> **∩ 502호**
> 그럼 원래대로 주차하도록 하겠습니다. 모든 일은 원칙대로 하는 게 당연하죠.

원칙대로라고 하면서 왜 남의 주차 공간을 마음대로 사용하는 것이냐고 따지고 싶어 영서는 여러 차례 글자를 쳤으나 아무래도 아닌 것 같아 지우고 또 지웠다. 그러다가 거실 티브이장 서랍에서 지용성 사인펜을 찾았고, 후드티를 덮어쓴 뒤 초인적인 힘을 발휘해 주차장으로 갔다. 처음에는 501호 몫인 공간에다 나무 한 그루를 그려 넣을 요량이었으나 그림에는 소질이 없었던 터라 나무 모양을 세모로 표시하고 밑동을 얇은 직사각형으로 그린 뒤 그 안에다 굵게 글씨를 썼다. 그러고 난 뒤 사진을 찍어 채팅방에 올렸다.

우리는 나무입니다. 조심해 주세요.

글씨가 너무 작은 것 같아 크게 나오도록 편집한 뒤 사진을 다시 전송했다. 자신이 올린 사진을 들여다보았을 때 만족스러운 기분이 들기는커녕 뭔가 이상했는데 그 이유를 또렷이 설명하기는 힘들었다. 어쨌거나 화가 조금은 풀렸지만, 완전히 풀리지는 않았다. 지석이와 빌라 사람들 사이에는 비슷한 점이 있었다. 그것이 영서의 마음을 건드린 건 확실했다. 영서는 부엌으로 걸어가 냉장고 문을 열었다. 견딜 수 없도록 배가 고프다는 것. 그건 아무래도 좋은 신호 같았다.

되로 주고
말로 받기

'도서관 쪽 계단만 이용한다면 마주칠 일은 없을 거야.'

샤워하고 옷을 갈아입고 밥도 먹고 나자 영서는 조금씩 기운을 되찾았다. 드라이기로 머리를 말리고 난 뒤 얼굴에 비비크림을 발랐고 티 나지 않게 눈썹도 손질했다. 입술에 틴트를 바르고 났을 때는 뭔가 부족하다는 생각이 들어 언니 방으로 들어갔고 유명 제품인 새빨간 립스틱을 찾아내 아랫입술에 찍듯이 두 번 눌렀다. 몇 번 입술을 붙였다 떼고 나자 얼굴에 화색이 도는 것 같았다. 입을 다물면 수더분한 소녀지만 조금이라도 벌려 말을 하면 꽤 괜찮은 여자애가 나타나 마법처럼 주위를 환하게 밝혔다.

'괜찮아. 1년만 견디면 되는 일이야. 졸업해서 대학 가면 지석이 따위

생각도 안 날 거야.'

그러는 사이 거울 속 또 다른 여자애는 이미 어깨가 반쯤 처져 있었다. 한숨이 저절로 났다.

'1년이나 견뎌야 한다고?'

정곡을 찔린 것처럼 가슴이 아릿했다. 개학하면 한 사람의 일생에서 가장 중요한 시기라고 할 수 있는 고3이었다. 충분히 보호받으며 공부해도 될까 말까 한 시기에 실연이라니. 재앙이 따로 없었다. 하지만 오늘만은 골똘히 생각하기를 포기할 작정이었다. 중요한 것은 회복하는 것이다. 지난 1년간 연애하며 공부하느라 영서는 너무 많이 상처받았고 죽을 만큼 힘들었다. 그 연애가 끝났는데 다행이라는 생각보다는 불안하고 속상하고 가슴이 뚫린 것처럼 허전했다. 지금은 무거워진 몸을 개줄에 묶어서라도 스터디 카페로 끌고 갈 필요가 있었다. 부모님이 돌아오시기 전에 있었던 자리로 돌아가 있는 것, 그것이 자신이 지금 해야 할 일임을 영서는 분명히 알 것 같았다.

오늘 공부할 과목 책을 가방에 넣고 무릎담요도 챙겼다. 휴대전화를 주머니에 넣고 현관을 나서고 있는데 엄마한테서 전화가 걸려 왔다.

"우리 딸 전화했었니?"

처음에는 기억이 나지 않아 아니라고 했으나, 기억이 난 뒤에는 아무것도 아니라고 둘러댔다. 무지개 빌라 채팅방에서 겪은 사건을 전달하기에는 적절치 않은 타이밍이었고, 가족들이 충주로 내려간 사이 혼자 몰래 앓았다는 이야기는 하고 싶지 않았다. 오후 서너 시쯤에 출발할 거라는 엄마의 말에 영서는 지금 스터디 카페로 가는 길이라고 대답했으나, 엘리베이터가 1층까지 내려간 뒤에도 전화는 끊어지지 않았다. 엄마가 뜬금없이 언니를 바꿨기 때문이었다.

윤서가 물었다.

"어디야?"

"집 앞. 지금 나왔어."

"그래? 잘됐다. 너 지금 영찬이 네로 가서 묘리 밥 좀 챙겨 줘. 묘리가 그제부터 집에 혼자 있었다는 거야."

"묘리?"

누가 들으면 명절을 쇠는 동안 불가피하게 혼자 두고 간 고집쟁이 입시생쯤으로 생각할지 몰라도 묘리는 윤서 언니의 동네 남자 친구인 영찬이 오빠네 고양이였다. 영찬이 오빠가 설을 쇠기 위해 일찌감치 부산으로 내려갔다는 이야기는 영서도 들은 바가 있었다. 그런데 즉석밥을 전자레인지에 데워 겨우 몇 술 뜨고 나온 사람한테 그 집 고양이의 식사를 챙기라는 건가. 인권침해나 아동 학대 같은 단어가 거품처럼 올라와 부글거렸으나 영서의 입에서 튀어나와 겨우 빛을 본 단어는 정말 시시하고 볼품없는 한마디였다.

"꼭 내가 가야 해?"

"왜, 싫어?"

"그럼 좋겠어?"

"넌 왜 그렇게 인정머리가 없냐?"

"뭐래!"

영서는 인정머리라는 말에 자극받아 푸우 푸, 입김을 내뿜으며 손부채로 얼굴을 식혔다. 인정머리 없다는 비난이나 듣기 위해 인권침해나 아동 학대라는 단어를 아낀 것은 아니었다. 하지만 영서는 곧 언니에게 밀리는 것을 느꼈다. 영찬이 오빠네 집은 가까운 곳에 있고, 봉지 안의 사료를 밥그릇에 담아 주기만 하면 된다는 말에 딱히 반박할 논리를 찾지 못한 것이다. 문제는 그것은 언니를 기준으로 할 때 성립되는 논리일 뿐 영서는 전혀 다른 지점에서 내키지 않았다.

"지금 나한테 아무도 없는 남의 집에 혼자 들어가라는 거야?"

언니, 그거 아동에 대한 심각한 학대인 거 몰라? 라는 말이 혓바닥에서 맴돌았으나 영서는 또 눌렀다. 언니는 대번에 네가 아동이냐, 라면서 치고 들어올 것이다. 언니하고 대화하다 보면 센 말들은 더 센 말로 되돌아와 영서를 두들겨 패곤 했는데, 그것이 단지 성격 차이에서 비롯된 것만은 아님을 영서는 어렴풋이 느끼고 있었다. 한 번도 가 본 적 없는 빈집에 문을 따고 혼자 들어가는 기분은 영서 입장에는 분명 암담한 체험이지만 언니에게 이해시킬 도리는 없었다. 영서는 그 감정을 언니가 절대 공감하지 못하리라는 것만 확신하고 있었다. 윤서의 목소리가 높아졌다.

"그게 뭐? 다른 사람도 아니고 영찬이네 집이잖아!"

"영찬이 오빠가 언니 친구지 내 친구는 아니잖아. 영찬이 오빠네 사정이 도대체 나하고 무슨 상관인 건데? 언니는 그 집에 가 봐서 익숙할지 몰라도 나는 한 번도 가 본 적이 없는 낯선 집이란 말이야. 게다가 난 언제나 언니를 통해 전해 들었을 뿐 그 집 사람들 알지도 못한다고. 그런 집에 내가 어떻게 혼자 들어가?"

"아 진짜. 존나 잘난 척이네."

"뭐라고?"

"그 집에 지금 아무도 없다니까. 낯선 사람이나 아님, 도깨비라도 튀어나올까 봐 그러는 거야? 고양이 밥 줄 사람이 없으니까 그런 거잖아. 영찬이 부산에서 오늘 못 오고 내일 올라온대. 오늘 오면 너한테 이런 심부름 시키지도 않았어. 게다가 묘리 걔, 오늘로 3일째 혼자 있는 거야. 너무너무 불쌍하지 않니?"

언니 목소리가 순식간에 울먹임 조로 바뀌었다. 나도 혼자 있었는데. 어떻게 동생은 놔두고 남의 집 고양이만 걱정하는 것일까. 게다가 왜 남의 기분까지 언니 마음대로 하려고 하는지 이해할 수 없었다. 비어 있는 남의 집에 들어가고 싶지 않은 감정을 언니에게 평가받아야 할 이유가 어디에 있단 말인가.

'정말 못 말려.'

사실은 그게 문제가 아닐는지 몰랐다. 윤서 언니나 엄마는 영서에 대해 진심으로 걱정해 본 적이 없는 사람들이다. 알레르기 때문에 조퇴하고 집에 온 날도 그랬다. 혼자 병원에 갔던 것은 그렇다 칠 수 있다. 그날 영서는 두드러기 때문에 발갛게 달아오른 얼굴을 한 채 갑자기 들이닥친 보일러 설치 기사의 심부름을 해야 했다.

"이거 사진으로 찍어 구청에 제출하면 환경개선부담금 10만 원을 환급받을 수 있거든요."

설치 기사의 지시에 따라 분주하게 움직이며 휴대전화로 사진을 찍다 보니 자신이 구청 환경과의 말단 직원이 된 기분이었다. 알고 보니 보일러 재설치는 다음 날로 예정되어 있었으나 영서가 조퇴했다는 말에 엄마가 일정을 앞당긴 것이었다.

"기왕 누가 집에 있는 김에……."

저녁까지도 가라앉지 않은 두드러기를 보여 주며 항의하자 엄마가 했던 변명은 영서의 감정을 더욱 나락으로 몰아갔다. 엄마는 영서가 아픈 것보다는 조퇴했다는 사실에만 주목한 것이고 기왕 조퇴하고 집에 돌아와 있으니 그동안 난감했던 집안일을 처리하려고 영서를 이용하기에 여념이 없었다.

'남의 집 고양이를 걱정하는 만큼만 나를 생각해 주면 안 되는 걸까. 연휴랍시고, 명절이라고, 집집이 떠들썩한데 혼자 남아 있는 내게 따뜻한 말 한마디는 해 줄 수 있잖아. 난 남의 집 고양이만도 못한 대접을 받고 있어.'

하지만 따지고 보면 언니나 엄마가 영서를 대하는 태도는 한결같았다. 새삼 섭섭하고 말고의 일은 아니었다. 다만 남의 집에 문을 따고 혼자 들어가는 것은 여전히 내키지 않았다.

"그 집은 친척도 없어?"

그렇게 물었더니 언니가 이렇게 대꾸했다.

"바로 옆에 네가 있는데 한 시간이나 두 시간 거리에 있는 친척을 불러야겠어, 굳이? 이건 인간에 대한 도리의 문제야. 그 집 식구는 몰라도 네가 영찬이는 알잖아. 너 영찬이한테 그것도 못 해 줘? 또 이건 동물에 대한 예의 문제이기도 해. 3일 이상 고양이를 내버려두는 거, 그거 동물 학대잖아. 너도 동물 학대 싫다며? 인간이 해서는 안 될 짓이라며?"

역시 되로 주고 말로 받는 격이었다. 사실 가끔은 논리도 합리도 싹 무시한 채 저렇게 주절거릴 수 있는 언니가 부러웠다. 영찬이 오빠와 10분간 재미있게 나눴던 이야기를 식구들 앞에서 1시간도 넘게 뻥튀기해서 전달할 수 있는 것도 능력은 능력이었다. 하지만 백 번을 양보한다 해도 언니가 영찬이 오빠의 여자 친구라는 이유로 자신이 그 일을 해야 한다는 논리는 받아들일 수 없었다. 영서는 못 하겠다며 다시 한번 못을 박았고 언니 역시 지치지 않고 자기주장만 했다. 그렇게 입씨름하는 사이 시간은 무심하게 흘렀으며 먼저 지친 것은 영서였다. 지금까지의 패턴으로 보면 자신의 기분을 아무리 설명해도 언니의 마음을 돌릴 수 있을 것 같지 않았다. 영서는 막막하고 괴로워서, 그럴 때면 언제나 그랬듯이, 마침내 백기를 들며 항복하고 말았다.

"알았어, 사료만 주면 되는 거지?"

한 번 개방하자 윤서의 요구는 점점 늘어났다.

"괜찮다면 한 시간 정도 놀아 주면 더 고맙고."

하아, 라고 한숨을 쉬었더니 그걸 허락이라고 이해했는지 언니는 잘 부탁한다는 말을 남기고 전화를 끊었다. 전화가 끊어진 줄도 모르고 영서는 몇 마디 불만을 더 피력했고 잠시 뒤에는 머쓱해하면서 수화기를 껐다.

하릴없이 영찬이 오빠네 집으로 향했다. 가면서 중얼중얼 윤서를 비난했고 옆에서 그런 행태를 다 보았으면서 말리지 않은 엄마 아빠가 원망스러웠다.

고양이는
기다리지 않는다

영찬이 오빠네 집은 걸어서 20분가량 떨어진 곳에 있었고, 영서가 다니는 스터디 카페는 그 중간쯤에 있었다. 스터디 카페에 들러 가방을 먼저 내려놓을까 생각했으나 무겁지 않은 데다 6층까지 올라가기가 귀찮아 그대로 길을 건너 골목 안으로 들어갔다.

집은 금세 찾을 수 있었다. 그 동네에서 세인트빌이라는 이국적인 이름의 브랜드는 유일했기에 휴대전화로도 쉽게 확인할 수 있었고, 근처에 이르자 대번에 눈에 들어올 만큼 품위 있는 건물이었다. 영서는 출입구 자동문 비밀번호를 누르고 4층으로 올라가 405호 도어락 번호를 눌렀으나 손잡이를 잡아당기는 게 꺼려졌다. 망설이는 사이 또르륵, 소리를 내더니 문이 닫혔다.

숨을 고르고 다시 시도해 보았으나 이번에도 문을 힘껏 잡아당길 배짱은 생기지 않았다. 하지만 또 닫힐 것을 우려해 사력을 다해 손잡이를 돌렸고, 문틈을 손가락 한 마디쯤 벌려놓은 채 호흡을 가다듬었다. 영서를 빠르게 급습한 것은 고양이의 기척이 아니라 안에서 흘러나온 집 냄새였다. 처음에는 분명 이불 냄새였으나 차츰 누군가 오래된 책에서 곰팡이를 긁어낸 것처럼 매캐해지더니 채 1분도 되지 않는 사이 그것은 알 수 없는 어떤 사람의 냄새가 되어 영서를 공격했다. 그 사람이 영찬이 오빠 같지는 않았다. 영찬이 오빠의 여자 친구인 윤서 언니일 리도 없었다. 고양이나 강아지 냄새와도 달랐다. 무엇보다 안으로 들어간 상태에서 문이라도 닫힌다면 그 냄새와 함께 그 안에 갇힌 채 영영 나오지 못할 것 같았다. 영서는 불길한 느낌에 저항하듯이 문을 확 떠밀었고, 현관문은 다시 닫혔다.

건물 밖으로 뛰어나온 영서는 울면서 언니에게 전화를 걸었다.

"언니, 못 하겠어. 나 비어 있는 집에 들어가는 거 너무 무서워."

윤서가 혀를 차면서 영서를 나무랐다.

"어휴. 등신아, 비어 있는 집인데 뭐가 무섭다는 거야?"

"비어 있으니까 못 들어가겠어. 싫단 말이야!"

"야, 서영서! 내가 너한테 도둑질을 시켰니, 아니면 쌀 포대라도 짊어지라고 한 거야? 뭐가 어떻다고 난리야. 그 집에 아무도 없어. 묘리밖에 없단 말이야. 묘리는 사람한테 대드는 애가 절대 아니야."

"암튼 못 들어가겠어."

언니는 잠시 말이 없었다. 아마도 수화기를 손으로 틀어막고 영서 욕을 하고 있을 것이다. 걔가 그렇다니까. 내 배에서 나왔지만 나도 영서 걔 이해가 안 갈 때가 많아. 엄마는 옆에서 맞장구를 치고 아빠는 사람 좋은 미소를 지으며 방관자의 역할에 성실히 임하고 있겠지.

"정 힘들면 밖에서 현관문을 환하게 열어놓고 들어가면 되잖아. 전화를 끊지 말고 나하고 통화를 계속한다면 이상한 기분은 들지 않을 거야."

윤서의 목소리는 다소 누그러든 상태였다.

"힘들 것 같아."

"묘리를 생각해. 3일째 아무도 없는 어둠 속에서 혼자 지내야 했던 불쌍한 고양이를 떠올려 보라고. 사람이 코빼기라도 비쳐야 걔도 숨을 쉴 거 아니야."

"그만 끊을게."

그리고 난 뒤 영서 편에서 먼저 전화를 끊었다.

골목을 빠져나와 스터디 카페에 이르렀지만 6층으로 올라가지 못하고 있었다. 솔직히 남의 집에 들어가는 것도 무섭지만 고양이가 혼자 있는 것도 신경 쓰였다. 혼자 있는 고양이가 불쌍하다는 것은 언니의 논리이고 남의 빈집으로 들어가는 것이 무섭다는 것은 영서의 논리였으나 언니의 논리는 어느새 영서의 마음이 되어 있었다. 영찬이 오빠네 가족이 사료를 챙겨두고 나왔을 테지만 먹이가 더 필요할지도 몰랐다. 어쩌면 물그릇이 엎어져 몇 시간 동안 목을 축이지 못한 것은 아닐까. 이것저것, 전후좌우의 상황을 샅샅이 고려하다 보니 이럴 수도 없었고 저러기도 힘들었다. 영서는 갈피를 잡지 못한 채 동동거리며 건물 입구에 서 있는 자신이 한심해 미칠 것 같았다.

쉬지도 않은 채 죽어라 일만 하면서도 엄마 아빠의 사이가 좋은 이유는 두 사람 모두 엄마를 깊이 사랑하기 때문이다. 영서가 볼 때 엄마가 엄마를 사랑하는 것은 당연하지만 아빠가 엄마를 사랑하는 것은 지독한 희생과 양보 없이는 불가능한 일이었다. 엄마는 인근 상가 조합원들과 가끔 대만이나 중국으로 여행도 가지만 가게를 비울 수 없다는 이유로 아빠는 늘 빠졌다. 여행 다녀온 엄마가 펼쳐놓은 가방에서 쏟아진 것은 엄마 자신의 선물뿐이지만 싫은 내색을 하는 것은 아빠가 아니라 영서와 윤서 자매였다. 미용실에 모인 아줌마들이 성실한 아빠를 두고 "사람 참 좋아."라고 하는 것이 칭찬이 아니라는 것을 영서는 중학생이 되기도 전에 알아차렸다. 자신이 아빠를 닮았다는 사실을 깨달을 때마다 영서는 미친 듯이 공부에 매진하면서 성적을 관리했지만 아무리 성적이 올라도 자존감은 높아지지 않았다. 아빠처럼 살고 싶지 않은데 아빠의 유전적 성질은 이미 영서의 세포 깊숙한 곳까지 쳐들어와 영향을 미치는 중이었다.

'어쩌지?'

영서는 문제를 해결하기 위해서가 아니라 불안을 이기기 위해 최근 들어 소원해진 김민지에게 전화를 걸었다. 지석이는 영서가 김민지와 가깝게 지내는 것을 원하지 않는 것 같았고 김민지는 김민지대로 지석이를 절친의 남자 친구로 인정하고 싶어 하지 않았다.

"지석이는 고등학교에서만 벌써 여자 친구를 갈아치웠다고. 게다가 너하고는 환승 연애라는 소문도 있어. 너도 아마 들어는 봤을 거야."

그것이 김민지가 지석이를 미더워하지 않는 이유였고, 그런 소리를 들으면서도 지석이와 '사귀는 사이'에 만족하는 영서를 김민지는 티 나게 얕보았다. 그런데도 영서가 김민지와 절교하지 않았던 이유는 두 사람이 식당에서 함께 급식을 먹는 사이였기 때문이다. 이과인 지석이와 함께 밥을 먹을 수 있는 날은 수요일뿐인지라 다른 날의 영서는 김민지가 필요했기에 은연중에 그와 같은 계약을 맺었던 것 같다. 혼자 앉아 밥을 먹는 것은 옆 반의 말썽꾸러기 남자애들의 과녁이 될 수 있다는 점에서 좋은 선택이 아니었다. 말썽꾸러기 남자애들이 여자애들에게 다가와 짓궂은 질문을 한 뒤 대답을 요구하는 것은 관심도 배려도 아니었다. 영서네 학교에는 계란빵 내기 도박을 하면서 여자애들을 괴롭히는 남자애들이 여럿 있었다. 방학이 되면 꼴불견 남자애들은 물론 김민지한테서도 해방되는 기분은 영서가 혼자만 조용히 간직하는 비밀이었다.

오랜만의 통화가 어색하면 어쩌나 걱정스러웠지만, 다행히 김민지는 반가운 목소리로 전화를 받았다. 혹시 내가 지석이와 헤어진 것을 이미 알고 있는 건가. 그런 의문이 스쳐 지나갔지만 물어보지는 않았다. 김민지는 오늘 아침 가족들과 함께 남산이며 한옥마을에 갔다가 지금은 경복궁 근처를 돌아다니는 중이라고 했다. 영서는 자신이 처한 문제는 꺼내 보지도 못한 채 김민지의 이야기를 열심히 들었다. 확실한 대안이 아닌 상태에서 어설프게 화제를 꺼냈다가 기분만 상한 적이 한두 번이 아니었으므로 기왕이면 신중하게 접근하고 싶은 게 김민지에 대한 영서의 대처법이었다. 그러다 보니 전화 건 이유마저 애매하게 한 채 통화를 끝내고 말았을 때는 설날 아침부터 실없는 아이가 되고 말았다는 자책감에 저절로 한숨이 터져 나왔다.

'어쩌지?'

다시 원점이었지만 영서는 포기할 수도, 포기하지 않을 수도 없었다. 고양이를 해코지하는 사람이 되고 싶지는 않았는데 어느새 그런 사람이 되어가고 있다고 생각하면 기분이 스산했다. 따지고 보면 영찬이 오빠네 고양이가 어려움을 겪는다고 해서 그것이 영서의 탓은 아니었다. 하지만 고양이가 잘못되기라도 한다면 영서 역시 죄책감에 시달릴 수밖에 없을 것이다. 엄마 아빠에게도 비슷한 문제가 있었다. 지금은 우리 가족과 연을 끊다시피 한 작은아빠는 엄마 아빠의 아킬레스건이었다. 정확히 말하면 엄마 아빠가 문제 삼는 것은 작은아빠가 아니라 작은아빠가 입고 있는 제복이라는 생각이 들 때가 있었다. 작은아빠는 경찰대

학을 나온 경찰공무원으로 영서의 친가 쪽에서는 퍽 신망 있는 존재였으나 어떻게 하다 보니 영서네 하고는 안 보고 사는 사이로 변했다. 엄마도 아빠도 그 이유를 콕 집어 말한 적은 없지만 미루어 짐작은 가능했다.

"그 옷을 네 작은아빠가 자력으로 입은 건 줄 아니? 분명히 너희 아빠도 한몫했어. 하지만 네 작은아빠는 마치 자기 혼자 힘으로 그 옷을 입게 된 것처럼 거들먹거리잖니."

엄마는 그렇게 비난하면서도 그 사람이 엄마의 시동생이고 시부모의 둘째 아들이라는 사실에 이르면 어쩔 수 없이 죄책감에 시달렸다. 명절에는 특히 두드러졌다. 이번 설날에도 작은아빠는 충주 할머니 댁에 오지 않았을 것이고, 그 문제로 할머니 할아버지는 한숨깨나 쉬지 않았을까. 이토록 곤란한 상황에서 왜 작은아빠 얼굴이 떠올랐는지는 모르겠지만 영서는 그것이 매우 논리적인 귀결일 수도 있다고 보았다. 뭔가 작위적인 구석이 있지만 지금 상황에서 영서를 도울 수 있는 유일한 사람은 제복 입은 그 사람들이었다.

"저기요……."

영서가 찾아간 곳은 인근 파출소였다. 작은아빠가 입었던 옷과는 다르지만 비슷한 제복이었고 거슬러 올라가다 보면 작은아빠나 작은아빠의 동료가 이들의 상사일는지 모를 일이었다. 출입문을 열자마자 은행이나 병원에서 흔히 볼 수 있는 고객용 데스크가 눈앞을 가로막았고, 바로 앞에 앉은 젊은 경관이 영서를 쳐다보며 어떻게 왔느냐고 물었다. 영서는 다소 높게 설치된 데스크에 양손을 걸쳐놓고 자신이 처한 상황을 설명한 뒤 이렇게 물었다.

"그래서 말인데, 혹시 같이 가 주실 수 있을까요?"

"아, 그게."

이문경이라는 명찰을 단 젊은 경관은 난감한 표정을 지었으나 영서가 "제발요."라고 한 번 더 부탁하자 일어나 안쪽으로 들어가더니 조금 더 나이 들어 보이는 경관에게 귓속말을 전했다. 잠시 뒤 나이 든 경관이 다가와 그와 같은 일은 자신들의 업무 영역에 속하지 않는다는 점을 양해해 달라고 말했다.

영서는 가족들은 모두 고향으로 내려가 도와줄 사람이 없으니 어째야 할지 모르겠다며 울상을 지었고, 혼잣말처럼 고양이가 잘못되도록 내버려둘 수는 없는 거 아니냐며 말끝을 흐렸다. 그것이 효과를 본 것 같았다. 젊은 경관은 나이 든 경관과 눈빛을 주고받은 뒤 모자와 겉옷을 걸치며 밖으로 나와 오토바이에 시동을 걸었다. 몸은 호리호리하고 큰 키에 머리숱이 유난히 많았으며 눈에는 예쁜 쌍꺼풀이 져 있는 남자였다. 나이 든 경관은 그를 이 경사라고 불렀다. 작은아빠와는 조금도 닮지 않은 얼굴이었지만 제복의 유사성 때문에 그 사람들은 작은아빠나 다름없는 사람이 되었고, 영서는 별다른 거부감 없이 오토바이에 다가갈 수 있었다.

오토바이 운전대를 잡고 경관이 물었다.

"뒤에 탈 수 있겠어요?"

"네. 감사합니다."

오토바이에 올라타 엉거주춤하게나마 경관의 허리를 잡았을 때 영서는 자신이 왜 이곳으로 찾아왔는지 알 것 같았다. 제복 때문에 생긴 일이라고만은 할 수 없지만, 제복과 무관하지 않은 일임에는 분명했고 제복 입은 사람들의 처지는 영서 자신과 조금도 다르지 않았다. 그 사람들은 영문도 모른 채 엄마의 비난을 받았고 가끔은 없어서는 안 될 안줏감이 되어 술상 위를 오르내렸다. 아빠는 제복 입은 사람들을 미워하지는 않았으며 그저 무력하게 바라만 보기를 좋아했다. 영서는 이문경 경사의 오토바이를 타고 스터디 카페 근처를 지나 다시 세인트빌로 가서 문을 열었다. 현관문을 닫지 않은 상태로 이문경 경사가 집 안으로 들어갔으며 영서는 붙박인 듯 현관에 가만히 서 있었다.

이문경 경사가 물었다.

"이름이 뭐라고 했죠?"

"영서요. 서영서."

"아니, 고양이 이름요."

"아, 아."

꽤 당황스러웠으나 이문경 경사는 아무렇지도 않은 듯 부엌이며 소파 뒤를 살피고 있었다. 정오의 가느다란 빛이 커튼 사이를 뚫고 들어와

원목 마루를 차갑게 비추고 있었다. 잠시 뒤 평온을 되찾은 영서는 "묘리야! 어디 있니?"라고 부르며 대답을 대신했으나, 안으로 들어가지는 않았다.

"없는 것 같은데요."

한참 돌아보고 난 뒤 이문경 경사가 영서에게 다가와 말했다. 거실 유리창 쪽으로 설치된 캣타워와 숨숨집에도 고양이는 없다고 했다.

영찬이 오빠네 집 안 구조는 단순했다. 비교적 넓은 편인 거실에 방이 세 개 달린 집이었는데 방문은 모두 닫아둔 상태였다. 묘리는 캣휠이며 해먹이 갖추어진 거실 어디에서도 눈에 띄지 않았으므로 방문을 열어 안을 살펴보는 일이 남아 있었고 이문경 경사는 방으로 들어가 봐도 되느냐는 질문을 에둘러 한 것 같았다. 그 집에 관한 한 아무런 권한도 없었으므로 영서가 이렇다 할 대꾸를 하지 못하자 이문경 경사가 결정을 내렸다.

"잠시 방문을 열고 안을 살피겠습니다."

그는 공무 중임을 강조하려는 듯 큰 소리로 말하면서 가운데 방문 손잡이를 잡아당겼고 어느 결엔가 거부감에서 벗어난 영서는 운동화를 벗고 이문경 경사를 따라 방으로 들어갔다. 공교롭게도 그 방은 영찬이 오빠의 방이었다. 윤서 언니와 찍은 커플 사진이 여기저기 걸려 있었다. 창문은 닫혀 있었고 고양이는 보이지 않았다. 안방과 현관 옆 작은 방에서도 이렇다 할 고양이의 흔적은 나오지 않았다. 너무 이상한 생각이 들어 영찬이 오빠에게 확인하려고 언니에게 전화를 걸었다.

"나, 영찬이 오빠네 왔어. 그런데 고양이가 안 보이는데?"

언니는 싫다면서 왜 갔느냐는 식으로 빈정거리지는 않았다. 오히려 영서가 그곳에 간 것을 당연해하는 것 같아서 기분이 언짢았다. 넌 내 말을 절대 거절하지 못해. 윤서의 속마음이 훤히 읽혔다.

"언니, 영찬이 오빠 전화번호 좀 가르쳐 줘."

어떻게 된 일인지 물어보아야겠다고 했으나 윤서는 그럴 필요가 없다고 말하더니 선착장에 있는 것 같다고 했다. 선착장? 배를 대는 그 선착장 말이냐고 물었을 때는 자세한 설명도 없이 그렇다고 하는 게 아닌가.

윤서가 말했다.

"의자를 놓고 올라가 냉장고 위를 살펴봐. 당장."

냉장고 위에는 커다란 김치통 두 개가 나란히 눕혀져 있었고 그 위에는 중간 크기의 교자상을 올려놓은 상태였다. 이를테면 그곳에는 고양이 숨숨집은 물론 고양이 침구 같은 것도 없었다. 멀쩡한 놀이터와 해먹까지 소유한 고양이가 왜 하필이면 냉장고 위에 숨어 있겠는가. 하지만 영서는 윤서의 말을 전했고 잠시 뒤 의자 위로 올라간 이문경 경사가 가벼운 탄성을 지르며 영서를 돌아보았다.

"있어요, 여기."

그때 처음으로 이문경 경사의 굵은 눈망울에 일렁이는 감정을 보았다. 마치 AI에서 인간성을 발견했을 때처럼 반갑고 미더워서 영서는 얼른 전화를 끊고 다른 식탁 의자를 끌고 와 냉장고 위를 살폈다.

"어머나!"

예상과는 달리 하얀색 페르시아고양이 한 마리가 숨어 있었다. 고양이의 귀부인이라는 별명에 어울리는 외모와 표정에 영서는 순식간에 빠져드는 느낌이었다. 묘리는 김치통과 김치통 사이의 공간에 천연덕스러운 표정으로 엎드려 있었는데 영찬이 오빠네가 묘리의 습성을 생각해 일부러 배려한 것 같았다. 외모는 유럽 귀족인데 하는 짓은 한국식이었다. 어쨌거나 이제 밥만 주면 할 일은 끝난다. 영서는 언니가 이 상황을 영찬이 오빠에게 어떻게 설명할지 훤히 짐작되었다. 거봐, 내가 해결한댔지? 넌 나 아니면 안 된다니까.

"카아아."

눈이 마주쳤을 때 묘리는 이빨을 내보이며 덤비다가 냉장고를 훌쩍 뛰어내려 식탁 위로 올라갔다. 사람에게 덤비지 않는다는 말은 사실이 아니었다. 뒤이어 그것보다 더 놀라운 일이 벌어졌다. 순식간에 싱크대로 건너간 묘리는 앞다리를 이용해 수도꼭지를 틀었고 흘러내리는 물로 입술을 축였으며 잠시 뒤에는 잠그기까지 했다. 그 가운데서도 사람의 기척은 전혀 아랑곳하지 않았다. 영서는 알았다. 묘리는 기다리지 않았다. 사람이 오든 말든, 방문을 닫아두든 말든 상관하지 않은 채 제한된 그곳을 자기만의 영역으로 지배하며 마음껏 이용했다. 영서와 이문경 경사의 방문은 오히려 고양이의 일상을 방해한 것일 수도 있었다. 이빨을 내보인 것은 거기에 대한 불만의 표현이 아니었을까. 영서는 묘리의 높은 자존감과 독립심이 마음에 들었고, 두고두고 기억해야겠다는 생각에 휴대전화로 사진을 찍었다.

"넌 훌륭한 아이야."

묘리는 그 또한 아랑곳하지 않았다. 볼일 끝났으면 얼른 가줄래? 그런 표정에 가까웠다. 사료를 챙겨 주며 맡은 일을 깔끔히 해결한 영서는 스터디 카페로 돌아가기 위해 운동화를 신었으나 "잠깐만요."라고 양해를 구한 뒤 다시 집으로 들어갔다.

"왜 하필 냉장고 위일까요?"

그러자 질문을 함께 풀어보기라도 하자는 듯 이문경 경사도 안으로 들어왔다. 식탁 의자를 냉장고 가까이 옮긴 것은 영서였다. 그 위로 올라가 뒤꿈치를 들고 냉장고 위를 세세히 살폈으나 고양이 털이 제법 쌓여 있다는 것 말고는 이렇다 할 흔적을 발견할 수 없었다. 그곳을 선착장이라고 한 이유는 더더욱 오리무중이었다. 털이라도 치우려고 손가락으로 원을 그리며 고양이 털을 뭉치다가 그곳이 유난히 따뜻하다는 사실을 알아차렸다.

"우리 할아버지네 집 아랫목에 있는 구들장 같아요."

그러면서 이문경 경사를 쳐다봤더니 그는 AI의 무표정한 얼굴로 돌아가 고개를 끄덕이고 있었다. 이문경 경사는 보고서를 써야 한다며 이곳이 친척 집이냐고 물었고, 영서는 언니의 남자 친구 집인데 지금은 명절을 쇠러 지방으로 내려갔으며 내일 돌아올 거라고 말했다. 사실은 파출소에서 이미 설명한 내용이었지만, 그가 귀담아듣지 않았다고 해서 섭섭한 마음이 들지는 않았다.

밖으로 나왔을 때 이문경 경사는 오토바이에 탈 것이냐고 물었다. 원하는 곳까지 태워다줄 수 있다고 했다. 이문경 경사의 허리를 잡고 스터디 카페로 돌아오면서 영서는 자신이 여전히 고양이를 걱정하고 있다는 것을 알았다. 냉장고 위는 따뜻했으나 전자파가 있다는 점에서 좋은 자리는 아니었다. 고양이가 거기 있음을 언니가 바로 알아차린 것을 보면 묘리는 자주 그곳을 이용하는 것 같았다. 그러지 않았으면 좋겠다는 의견을 언니에게 전달해야겠다고 생각하면서 영서는 오토바이에서 내렸다. 감사의 인사를 전하며 돌아서려는데 이문경 경사가 명함 한 장을 주머니에서 꺼내 내밀었다. 영서는 뭐냐고 묻지 않은 채 받았고 이문경 경사는 왜 주는지 설명하지 않았다. 오토바이가 떠난 뒤 6층 스터디 카페로 올라가기 위해 편안한 마음으로 엘리베이터 버튼을 눌렀을 때였다. 어느새 다가온 지석이가 영서 앞에 딱 버티고 서 있었다.

지석이 물었다.

"누구야?"

칩(cheap)인가
칫인가

영서는 대꾸하지 않은 채 엘리베이터에 타려고 했다.

"네가 내 기분을 알아주지 않고 건드렸잖아. 너 때문에 내가 얼마나 힘든지 알아?"

그 말을 하며 지석이가 자신을 어떻게 대했는지 영서는 똑똑히 기억하고 있었으나, 자신의 어떤 점이 지석이를 건드렸는지에 대한 궁금증이 남아 있었으므로 영서에게 지석이는 여전한 관심의 대상이었다. 하지만 다시 혼돈으로 들어가고 싶지는 않았다. 호기심이 인간의 의지를 어떻게 나락으로 몰아가는지 알고 있었기에 지금부터라도 잘 통제하며 관리하고 싶었다.

문제의 발단이 떡볶이였는지 아닌지는 명확하지 않았다. 연휴 첫날

인 지난 금요일, 영서와 지석이는 극장에서 영화 한 편을 보고 난 뒤 유명한 떡볶이를 먹어 보기 위해 사당동으로 갔다. 지하철을 타고 가는 동안 "넌 학원을 안 다니니까.", "넌 모의고사 성적이 안 나오는 애잖아."와 같은 식의, 영서의 불안을 고조시키는 발언들이 지석이 입에서 아무렇지도 않게 쏟아져 나왔으나 영서가 반응하지 않았기에 이렇다 할 충돌은 없었다.

전철로 30분 이상을 이동해야 하는 거리가 부담이었을 리는 없었다. 주로 학교에서 만나 데이트하자는 약속은 오래전에 깨졌고, 사당동 떡볶이집으로 가자고 먼저 제안한 것은 지석이었다. 꽤 긴 줄을 선 뒤 만두 여섯 개와 순대를 주문해 떡볶이와 함께 먹었는데 실수로 만두를 네 개나 먹어 치운 지석이가 사과했고, 영서는 괜찮다며 도리어 만두 하나를 지석이 접시에 더 얹어 주었다. 결과적으로 지석이는 만두를 다섯 개 먹었고 영서는 하나를 먹은 셈이다. 계산하고 떡볶이 가게를 나오면서 지석이가 말했다.

"넌 정말 착해. 내가 늘 네 것을 빼앗아 먹는데도 언제나 잘해 주기만 하잖아."

영서는 겸연스러우면서도 그렇게 말할 때의 지석이 표정이 너무 좋아서 잠시 들뜬 기분이 되었고, 손사래를 치면서 "에이, 그 정도를 가지고 뭘." 하면서 즐거워했다. 사실 캡사이신이 범벅이 된 것처럼 보이는 새빨간 만두가 맵지 않고 그렇게 맛있을 줄은 몰랐다. 식이 장애가 있는 것도 아닌데 한 개밖에 먹지 못했으니 아쉽지 않다면 거짓말일 것이다.

지석이가 더 시키자고 했으나 영서는 자신은 괜찮고 충분히 배가 부르니 그냥 가자고 했다. 더 시키면 시간이 걸릴 것이고 줄 서서 기다리는 사람들에게 민폐가 될 것이라는 이유를 댔으나 그것은 핑계에 불과했다. 영서는 지석이가 남의 몫을 빼앗아 먹기를 즐기는 것 같다고 느낄 때가 많았다. 만약 만두를 더 시킨다면 비슷한 경험을 또 하게 되지 않을까. 아무리 배가 불러도 자신에게 배당된 몫을 동의 없이 양보하는 것은 영서가 선호하는 일이 아니었다. 언니와의 사이에서 이미 쥐가 나도록 겪었던 일이기도 하다. 다른 사람도 아니고 지석이가 먹었다고 생각하면 배 아프거나 억울할 일은 아니었다. 엄마가 일방적으로 편들지만 않았어도 언니에게 양보하는 일이 그토록 마음 불편하지는 않았을 것이다.

영서는 지석이 마음을 편안하게 해 줄 요량으로 "하긴, 내가 좀 착하지."라고 으스댔는데 그로부터 2분쯤 지나 지석이로부터 날 선 반응이 날아들었다. 나란히 전철에 탔으나 반응은 SNS를 통해 도착했다.

넌 정말 못됐어.

응?

영서는 이게 꿈인가 싶어 휴대전화에서 눈을 떼고 지석이를 쳐다보았으나, 바로 옆에 서 있던 지석이는 고개를 들지 않고 휴대전화만 들여다보았다. 메시지는 또 왔다.

> 어쩜 말을 그렇게 하니?

내가 뭐?

> 나는 착하지 않고 나쁘다는 말이잖아.

순간 헐, 이라는 감탄사가 온몸에서 솟아났다. 지석이는 휴대전화에서 눈을 떼지 않았고 영서는 미안하다며 사과의 문자를 보냈으나, 더는 어떻게 대처해야 할지 몰라 눈치만 살폈다. 잠시 뒤 영서가 한 일은 정말 미안하다며 또 한 번 사과하는 것이었다. 지석이의 반응은 싸늘했다.

> 너는 늘 말을 함부로 하는 것 같아.

그와 같은 문자를 보내고 난 뒤 지석이의 침묵은 길어졌고 계속 휴대전화만 들여다보았다. 그렇게 20여 분간 침묵을 지키며 환승역에 도착했고, 각자의 집으로 돌아가는 일이 남아 있었다. 차마 먼저 돌아설 수 없어 가만히 서 있던 영서에게 지석이가 말했다.

"우리 그만 만나자."

그때 영서는 "왜?"라고 당당히 묻지 않고 "내가 미안하다고 했잖아."라며 움츠러들고 말았는데 그 순간을 되새길 때마다 심장 속 마음 벌레가 발톱을 세워 영서를 콕콕 찌르며 놀리는 것 같았다.

'아파? 아프지? 아프면 울어, 울어버리란 말이야.'

영서는 지석이를 화나게 해서 진심으로 미안했지만, 그게(사실은 뭔지 정확히는 모르는 그것이) 그렇게 화낼 만한 일이었는지에 관해서는 좀 얼떨떨한 느낌이었다. 그동안 가족에게 이해받지 못했던 이유가 말을 함부로 해서일까. 사실 영서는 엄마 앞에서는 말을 함부로 한 적이 거의 없었다. 엄마의 사랑을 받으려면 엄마는 이러저러하다는 것보다는 내 기분이 이러저러하다고 말하는 쪽이 효과적이라는 것을 어려서부터 알았고, 쉼표 하나가 맥락의 차이를 낳는다는 이치를 대화에서도 놓치지 않으려고 애썼다. 그것이 자신을 문과 우등생으로 픽업한 것이라는 자기평가는 결코 과대망상이 아니었다. 윤서에게는 무척 대들었던 것으로 기억하지만 그 배경에는 언니의 부당한 요구가 늘 있었다. 이번처럼 (지나고 보면 별것 아니기는 하지만) 남의 집에 혼자 들어가 고양이 밥을 주라는 요구가 정당하다고는 생각하지 않는다. 윤서는 남의 감정도 중요하다는 것을 받아들일 필요가 있었다.

"넌 신경증인 것 같아."

그렇게 말할 때마다 윤서는 거칠어 보였고 어떻게든 영서를 통제하려고 억지를 쓰는 사람 같았다. 지석이는 말을 함부로 한다며 토라지더니 급기야 절교를 선언했다. 영서는 자신이 할 일이 무엇인지 알고 있다는 사실이 가슴 아팠다. 엄마가 화를 낼 때 그랬듯이 지석이의 화난 마음을 풀어 주는 게 자신의 의무이자 역할이라는 자각은 언제나 슬픈 체

념으로 이어졌다. 화가 풀릴 때까지 계속해서 미안하다고 사과하는 것. 사랑을 얻거나 유지하려면 그 밖의 더 좋은 방법이 없다는 것을 영서는 일찌감치 알아버렸다.

"진짜 미안해."

영서는 그만 화를 풀면 안 되겠냐고 장황하게 호소했다. 지석이는 쳐다보기도 싫다는 듯 외면만 하더니 한순간 영서를 향해 고개를 돌렸고 이렇게 쏘아붙였다.

"내가 헤어지자고 한 말 못 들었어? 넌 정말 형편없는 말을 아무렇지도 않게 하더라. 난 더는 못 참겠어."

그러더니 고개를 반대 방향으로 틀면서 들릴 듯 말 듯 한 어조로 "칩(cheap)!"이라고 쏘아붙였는데, 영서는 그 말을 즉각 알아듣고 말았다. 사실 처음 듣는 소리도 아니었다. 학원에 다니지 않고 방송만 듣는 영서가 모의고사에서 터무니없이 낮은 성적을 받았을 때 지석이는 부모에게 투자를 제대로 받지 못하면 어쩔 수 없이 질이 떨어지게 되어 있다고 말해 영서의 기분을 상하게 한 적이 있었다. 이후 그 질이 공부의 질이 아니라 인간의 질이면 어쩌지, 라는 고민은 영서가 수시로 곱씹는 아픈 주제가 되었다.

영서는 지석이 앞으로 다가서며 말했다.

"그래, 헤어지자. 내가 네 수준을 못 따라가 생긴 문제라면 다른 도리가 없지."

영서는 그 길로 전철 플랫폼을 빠져나와 지상으로 걸어 나왔다. 집까지 가려면 환승역인 그곳에서 갈아타 세 정거장을 더 가야 했지만, 미련 없이 빠져나와 집으로 걸어갔다.

그날 그렇게 상처를 주면서 헤어지자고 하더니 아무 일도 없었다는 듯이 불쑥 나타나 뜬금없는 질문을 하는 지석이는 도대체 어떤 아이인 걸까. 1여 년간 안간힘을 다해 노력하면서 연구해 봐도 여전히 알 수 없는 존재였다. 엘리베이터 문이 열리고 영서는 안으로 걸음을 옮겼으나 지석이는 옷을 잡아당겨 영서가 엘리베이터에 오르는 것을 가로막았다. 그러고는 같은 질문을 또 던졌다.

"누구냐니까?"

"뭐가?"

버럭 고함을 질렀다고 느꼈는데 사실은 힘없는 외침이었다. 차갑게 외면하는 척 행동했으나, 한편으로는 지석이가 자신을 찾아왔다는 사실에 안도감이 들었다. 영서가 그러안고 있는 이런 형편없는 감정을 지석이는 이미 눈치챈 것 같았다. 영서는 지석이가 누구냐고 묻는 대상이 있어서 다행스러웠다. 그 질문이 일시적이나마 자신의 부끄러움을 감추어 주었기 때문이다.

이문경 경사는 두 사람의 대화를 위한 재료 같았다. 조각처럼 떠 있는 흰 구름은 날씨가 좋다는 이야기를 주고받기에 더없이 좋은 소재이다. 지석이와 영서는 헤어졌고 다시는 만나지 말자고 약속했기에 새로

이 말을 트려면 번거롭고 까다로운 절차를 거쳐야 한다. 헤어지자는 말이 다시 만나자는 말로 번복되어야 하는데 그런 소리를 하기에는 피차 낯간지러운 데가 있었다. 지석이라면 자기 말을 바꾸는 게 더 어려울 것이다. 그러던 차에 영서는 키가 크고 잘생긴 경찰관의 오토바이를 타고 스터디 카페에 도착했고 지석이는 그 장면을 목격했다. 그 경찰은 누구이고 영서가 왜 그의 오토바이를 탔는지 해명한다면 까다로운 절차를 건너뛸 수 있을까.

하지만 지석이의 지적대로(그것이 맞든 틀리든) 영서가 함부로 말해 버린다면 두 사람이 화해할 절호의 기회는 사라질 수도 있었다. 그렇다고 입을 다문 채 침묵만 지키겠다는 것은 아니었다. 아무것도 하지 않으면 아무 일도 일어나지 않듯이 아무 말도 하지 않으면 켜켜이 엉킨 오해가 풀어질 리도 없었다. 그래, 오해, 바로 그거였다. 오해가 아니고서는 지석이가 자신을 향해 어떻게 "나는 착하지 않고 나쁘다는 말이잖아."라고 말할 수 있었겠는가. 마음을 열고 대화를 나눈다면 영서가 몰랐고, 지금도 모르는 그 말의 의도를 이해하게 되지 않을까.

"지금부터 서영서에게 질문하겠습니다. 공부도 잘하고 얼굴도 잘생긴, 우리 학교 최고의 멋쟁이 남자애와 사귀는 기분을 다섯 글자로 말해 주시겠습니까?"

지난해 기말고사가 끝난 뒤 여럿이 노래방에 갔을 때 간주 타이밍이 되자 지석이는 마이크를 영서의 입에 대주며 그렇게 물었는데 아무도 그 장면을 부자연스럽게 보지 않았다. 지석이와 영서 커플은 둘만의 개인적인 위치가 아니라 학교의 자랑이기도 했으므로 나중에 그 일을 전해 들은 김민지가 지석이를 자아도취의 끝판왕이라고 놀렸을 때도 공감을 얻기보다는 그저 영서를 질투하는 것이려니 이해되었다. 거기에 비한다면 "기분 최고다!"라고 대답한 자신은 얼마나 바보 같고 평범했던지.

'지석이는 자존심이다.'

그런 생각을 하면서 영서는 힐끗 지석이의 표정을 살폈다. 지석이가 아니라면 영서는 정말 아무것도 아니었고 아이들의 부러움을 살 일도 없었다. 어려운 수학 문제를 풀도록 도와주는 창구 역시 지석이가 유일했다.

"경찰이야. 우리 언니 친구 집에 가서 고양이 밥을 주고 왔거든. 언니의 심부름인데 혼자 가기 무서워서 경찰에게 도와달라고 했어."

그냥 경찰이라고 하면 되지 왜 이렇게 구구절절 설명하는 걸까. 영서는 자신의 태도가 마음에 들지 않아 위축되었고 기분이 우울해졌다. 그 바람에 그게 누구든 네가 무슨 상관이냐고 쏘아붙일 뻔했으나 가까스로 눌렀다.

지석이가 말했다.

"혼자 가기 무서웠다면 나를 불렀으면 됐잖아. 왜 모르는 경찰이랑 오토바이를 타?"

영서는 황당했지만 마음을 다잡았다.

'이문경 경사는 우리 사이의 소도구다. 그게 본질이 아니라는 것은 이 애도 알고 나도 안다. 그러니 적당히 추임새만 넣어 주면 된다.'

영서는 가볍게 어깨를 으쓱거렸다. 난 우리가 헤어진 줄 알았어. 그 말이 입안에서 맴돌았지만 먼저 꺼내지는 않았다. 그건 가볍게 싸운 커플이 화해를 위해 나누는 대화일 것 같았다. 그런 계산을 하는 동안 영서는 지난 수십 시간 동안 자신이 겪었던 고통을 사실적으로 떠올렸고, 칩이라는 빈정거림의 폭발력을 현재형으로 되새길 수 있었다. 그리고 하마터면 또 넘어가서 얼렁뚱땅 화해할 뻔했다는 것을 알았다.

"공권력이잖아. 시민이라면 필요할 때마다 사용할 수 있지."

말해 놓고 보니 제대로 대응한 것 같지는 않았다. 무엇보다 너무 방어적이었다. 아니나 다를까, 지석이는 영서의 빈틈을 부리나케 파고들었다.

"그래도 그 새끼 허리를 그렇게 꽉 잡을 필요는 없는 거잖아."

"내가 뭘 그렇게 꽉 잡았다고 그래?"

"네가 손아귀에 힘을 주고 있는 걸 난 분명히 봤어."

"난 안전을 위해 공권력이라는 동아줄을 잡은 거지 어떤 사람의 허리를 잡은 게 아니야. 그리고 내가 누군가의 허리를 잡았다고 하더라도 너와는 상관없는 일이야. 우리는 헤어지지 않았니? 이미 헤어졌는데 무턱대고 나타나 이러는 거, 난 아니라고 봐."

지석이가 자주 거론한 것은 누군가 자신의 속마음을 알아주었느니 말았느니 하는 것이었다. 가끔은 마음속 깊이 숨어 있어서 다른 사람은 도저히 알 수 없는 것까지 알아주기를 바라는 것은 아닌지 의심스러울 때도 있었다. 지석이는 헤어지자고 했던 말을 번복하기 위해 찾아왔는지도 모른다. 그런데 엉뚱하게도 오토바이를 탄 경찰 이야기만 하려니 답답했을 것이고, 그 답답한 마음을 영서가 알아주기를 바라고 있는 것 같았다. 지석이가 다시 찾아온 것은 고마운 일이지만 영서는 자신이 앞장서 아직 말하지 않은 그의 속마음까지 알아주고 싶은 생각은 들지 않았다.

"더 할 말 없으면 난 올라갈게. 공부할 게 밀렸거든."

"어, 그래."

그러면서도 지석이는 영서의 옷을 놓지 않았고, 그사이 엘리베이터는 쿨렁거리며 닫혔다가 열리기를 반복했다.

"난 너를 잃고 싶지 않아."

놀랍게도 지석이가 그렇게 말해서 영서는 눈을 둥그렇게 떴다. 잘못했으면 사과부터 해야 하는 게 아닐까. 그러니 잘못 들었을 수도 있었다. 몸과 마음이 약해지면 환각이나 환청이 나타난다고 하지 않던가. 영서의 몸은 완전히 회복된 게 아니었다.

지석이가 덧붙였다.

"다시는 이런 일이 없었으면 좋겠어."

그러면서 와락 영서의 손을 잡았다. 영서는 손을 빼기는 했으나 엘리베이터에 곧장 오르지는 않았다. 뭐라고 말하는지 들어는 보자는 심정이었다.

"이런 일이 왜 생겼는데?"

영서는 정말 궁금했기에 엘리베이터 버튼에서 손을 뗐다. 헤어지더라도 헤어지는 이유는 알고 헤어지는 게 좋을 것 같았다. 지난 수십 시간 동안 가장 괴로웠던 것은 지석이가 왜 헤어지자고 말했는지 정확한 맥락을 모른다는 데 있었다. 영서에게 지석이와 헤어질 이유가 있다면 '칩'이었지만, 지석이는 이미 그 전에 화를 내며 헤어지자고 말했다.

"만두."

"뭐라고?"

"만두를 내가 거의 다 먹었잖아. 그게 너무 신경 쓰여서 더 시켜서 먹고 가자고 했던 거야. 그런데 너는 안 된다고 했지."

"기다리는 사람들이 너무 많았잖아. 처음부터 시켰으면 몰라도 그때는 너무 늦었어. 그건 확실해."

"알아. 하지만 내 기분도 있는 거잖아."

"무슨 기분? 내가 몰랐던 너의 기분이 뭔데?"

"줄 선 사람들에게 조금 미안하더라도 더 시켜서 먹고 나왔으면 내 마음이 편했을 거야. 그런데 넌 그냥 가자고 했고 나는 기분이 나빴어. 난 다섯 개나 먹고 넌 한 개만 먹었잖아. 덕분에 넌 착한 사람이 되고 나는 나쁜 사람이 되었지."

"뭐라고?"

"물론 '내가 좀 착하지.'라고 했던 너의 말이 난 착하지 않다는 뜻은 아니라는 것을 알아. 하지만 나한테는 그렇게 들렸던 것 같아."

"맙소사."

영서는 어이가 없어 엘리베이터 앞의 좁은 공간을 빙빙 돌면서 걸어 다녔다. 영서는 만두를 더 많이 먹었다고 해서 지석이를 나쁘다고 생각하지 않았고 나쁘다고 말하지도 않았다. 그런데 그렇게 생각한 이유가 '내가 좀 착하지.'라고 했던 영서 때문이라니. 언제나 그러더니, 결국은 또 내 탓이란 말인가. 게다가 난 미안했어, 라고 하지 않고 난 기분이 나빴어, 라고 하는 것 좀 보라지.

'너하고 계속 만났다가는 내가 미쳐버릴 것 같아.'

이유를 알고 나니 지석이에게 질리는 느낌이었다. '내가 좀 착하지.'라는 말이 긴장을 떨어뜨리는 역할을 하는 게 아니라 갈등을 부추기는 사례가 될 수 있는지 검색이라도 해 보고 싶었다. 동시에 생각지도 못했던 타인의 감정을 알고 난 뒤의 당황스러움은 있었다. 그것을 찜찜한 뒤끝으로 남기고 싶지는 않았다.

그때 지석이가 이런 말을 했다.

"사실 난 먹기 시작하면 배부르게 먹어야 마음이 넓어진다고 할까. 웃기지만 내가 좀 그래. 버릇이 잘못 들었나 봐."

영서는 매서운 표정으로 지석이를 노려보았다. 지석이가 알고 있든지 말든지 방금 털어놓은 이야기는 만두 다섯 개의 분배 문제와는 결이 달랐다. 언젠가 지석이한테 들었던 말이 떠올랐다. 지석이는 어려서 중국집 음식을 시켜 먹을 때마다 여동생 지민이의 메뉴를 자신이 정했다고 한다. 지석이가 짬뽕을 시키면 지민이는 자장면을 먹어야 했는데, 그것은 지민이가 늘 음식을 남겼으며 남은 음식은 지석이가 처리했기 때문이다. 그렇다고 해서 그것이 어떻게 지민이의 음식을 지석이가 선택하는 이유가 되었는지는 모르지만 어쨌든 당연한 권리로 알았던 그것이 제동이 걸리면서 문제가 생기기 시작했다. 어느 순간이 되자 지민이는 자신의 메뉴를 오빠가 정하는 것을 더는 용납하지 않으려 했고, 지석이는 그동안 누려왔던 자신의 권리를 내려놓고 싶지 않아 부모 몰래 지민이를 협박하거나 때렸다. 지민이가 중학생이 되면서 협박이나 폭력이 더는 통하지 않게 되었고, 부모조차 그 문제를 지석이에게 유리한 쪽으로 중재하지 않게 되면서 지석이는 할 수 없이 지민이 몫을 포기했고 그결과 욕구불만이 생겼다. 그리고 어느새 그 습관은 영서와의 문제로 불거진 것 같았다.

"맙소사."

영서는 같은 말을 반복하면서 호흡을 가다듬었다. 이것은 우등생끼리의 두뇌 싸움일는지 모른다는 생각이 들었다. 지석이는 자신은 배부르게 먹어야 마음이 넓어진다고 말하고 있지만, 영서의 해석은 달랐다. 지석이는 지민이가 남긴 음식을 먹으면서 배를 가득 채우는 것이 습관 든 게 아니라 남의 몫을 자기 것처럼 빼앗아 먹을 때 만족하는 유형이었다. 만약 그날 만두를 네 개쯤 더 시켰더라면 지석이는 분명 세 개를 먹었을 것이다. 지석이는 그래야 직성이 풀리는 성격이었다. 만두를 더 시키면 줄 선 사람들에게 민폐이니 그냥 가자고 주장했던 영서의 의식 속에 그와 같은 계산법이 자리 잡고 있었음을 영서는 또렷이 기억하고 있었다. 그러므로 지석이가 지금 자신은 배가 불러야 마음이 너그러워진다고 하는 말은 영서 안의 소녀 감성을 자극하려는 또 다른 의도일 수 있었다.

"알 것 같아."

영서는 'I see you'라고 하려다가 우리말로 운을 띄웠다. 수업 시간에 영어 선생님에 의해 〈아바타〉 2편의 대본 일부를 번역하고 난 뒤 영서와 지석이는 한동안 'I see you' 놀이에 심취했다. 나는 네가 나를 어떻게 생각하고 있는지 알아. 그런 뜻이었기에 지치지도 않고 서로를 향해 손가락을 사용해 가며 'I see you'라고 속삭였으며 문자로도 주고받았다. 하지만 지금은 'I see you'라고 말할 기분이 아니었다. 그와 같은 다정함은 지석이가 '칩'이라고 뇌까린 순간 다시는 말할 수 없고 되돌릴 수도 없는 과거의 기억이 되었다. 물론 다시는 되돌릴 수 없을지라도 조금쯤 너그러워질 필요는 있었다.

"너 만두가 더 먹고 싶었던 거구나. 다섯 개보다 더 많이. 그렇지?"

"맞아."

정말 그렇다는 듯 지석이는 재빨리 대답했다. 드디어 네가 내 마음을 알아주는구나, 그런 표정이었고 영서는 지석이의 그와 같은 표정 앞에서 싸늘해져 버린 자신의 속마음을 읽었다. 조금 전에만 해도 분명히 달랐다. 지석이가 이렇게라도 나타나 주어 고마웠고, 어떻게든 화해하여 마음의 부담을 덜고 싶었다. 그것이 공부에 집중할 수 있는 유일한 방법이라고 믿었다. 그런데 지석이와 대화하고 나니 오히려 마음이 편했고 부담감이 사라졌다. 아이들이 너희 헤어졌다며? 물으며, 묘한 눈빛 세례를 보내더라도 견딜 수 있을 것 같았다. 칩. 그건 회복을 불가능하게 하는 독화살이었다. 지석이는 해서는 안 될 말을 했고, 그 결과 영서 안에 둥둥 떠 있던 지석이라는 산소 주머니는 폭삭 꺼진 채 짜부라들었다. 그게 진실이었다. 이제 영서는 자신의 감정을 솔직히 밝히고 싶었다.

"만두가 너를 왜 화나게 했는지는 이해돼. 남자애들은 먹는 양이 정말 다르다는 생각이 들어. 그런데 그것이 어떻게 칩으로 연결되었는지는 도저히 모르겠어."

그러자 지석이가 펄쩍 뛰며 정색했다.

"칩이라니, 무슨 소리야?"

"네가 한 말이니까 네가 더 잘 알지 않을까."

"내가 그런 말을 했다고, 언제?"

"언제?"

영서가 오른손을 꼿꼿하게 치켜세웠을 때 지석이는 지하철 환승역에서 싸웠던 기억을 하나하나 들추면서 환기하는 척 눈동자를 굴리더니 스스로 묻고 대답하기 시작했다. 그리고 마침내 이렇게 말하기에 이르렀다.

"혹시 그때 내가 칫, 이라고 했던 걸 말하는 거니? 그건 치이, 라는 감탄사지 칩이라는 단어가 아니야. 너 보자 보자 하니까 정말 터무니없이 덮어씌우는구나."

심지어는 추리까지 했다.

"그래서 네가 그렇게 말했던 거야? 내가 네 수준을 못 따라가 생긴 문제라면 다른 도리가 없지, 라고? 난 그게 무슨 말인가 했다. 정말 어이가 없네. 그래도 그동안 우리 사귀는 사이였잖아. 그런데 어떻게 나를 두고 그런 오해를 할 수가 있어?"

그다음 단계로 감정에 호소했다.

"우리가 함께 찍은 사진, 주고받은 문자가 얼마나 많은지 알아? 난 다 보관하고 있어. 그런 나를 여자 친구한테 싸구려라고 말하는 놈으로 만들어야겠니? 그래서 좋아?"

그런데도 영서가 무표정을 유지했을 때였다. 지석이가 갑자기 계단으로 다가가더니 털썩 주저앉았는데, 그것은 왠지 무릎을 꿇는 제스처를 닮아 있었다. 지석이가 계단에 내려놓은 것은 엉덩이가 아니라 무릎이었다.

"우리가 이대로 헤어지면…… 난 아마 대학도 못 가고 쓰레기가 될 거야. 영서야, 사랑해. 난 너 없으면 안 돼."

지석이 눈에서 눈물이 떨어져 내린 순간 영서는 홀린 듯 공감하며 지석이 곁으로 다가갔고 그 옆에 주저앉아 같이 울었다. 불현듯 중요한 것은 진실이 아니라 지석이 마음이라는 생각이 스치고 지나갔다.

지겨운
새끼

두 시간쯤 지나 지석이는 집으로 돌아갔다. 등에 멘 가방에는 공부할 책이 잔뜩 들어 있었고 영서가 이용하는 스터디 카페에 빈자리도 많았지만, 지석이는 공부가 잘 안된다며 책을 덮었다. 반면에 영서는 자리에 앉자마자 곧바로 공부에 빠져들었다. 지석이와의 문제가 해결된 탓도 있지만 이삼일 동안 공부를 쉬었던 것이 심리적 영향을 준 것 같았다. 그러던 차에 지석이가 가방을 싸자 영서는 편안한 마음으로 그의 결정을 수긍했다.

"네가 너희 집 네 방에서만 공부가 되는 스타일이기는 하지."

영서가 지석이를 배웅하기 위해 버스 정류장으로 나갔을 때 하필이면 김민지한테서 전화가 왔다. 통화를 회피하고 싶은 마음이 없지 않았으나, 김민지가 오해하면 일이 커질 것 같아 전화를 받았다.

"어, 민지야. 왜?"

그러면서 잠깐 양해를 구한다는 뜻에서 쳐다보았더니 지석이는 "내가 이럴 줄 알았어!"라며 불쾌감을 표시하고 있었다. 김민지와 친하게 지내는 것을 지석이가 탐탁해하지 않는 이유를 영서는 알 수가 없었다. 김민지와 영서는 이성 관계도 아니고 누구를 두고 경쟁하는 사이도 아니었다. 김민지가 불편하다면 지석이가 아니라 영서인 편이었다. 그렇다고 지석이가 영서의 정서적 안정을 위해 김민지와 떼어놓으려는 것 같지는 않았다.

영서는 전화를 빨리 끊으려고 했으나 오늘따라 김민지는 눈치가 없었고 스터디 카페에서 공부하는 중이라고 하는데도 배려할 의사가 없는 것 같았다. 오히려 지금 막 가족들과 집으로 들어왔으며 아까 통화할 때 영서의 기분이 좋지 않은 것 같아 내내 신경이 쓰였다고 하면서 목소리 주파수까지 높이는 것이었다. 김민지가 무슨 일이 있느냐며 캐물어 영서는 방어 심리가 작동하는 것을 느꼈다.

"아니, 난 괜찮아."

"그래? 내가 직접 만나 확인해 봐야겠어. 우리 한 시간 뒤에 만나서 같이 저녁 먹을래? 명절 내내 느끼한 것만 먹었더니 마라탕이 그립지, 뭐니."

"어, 어."

대충 얼버무리다가 영서는 깜짝 놀랐다. 지석이가 가까이 다가와 통화 내용을 엿듣고 있었다. 그뿐이 아니었다. 지석이는 얼른 전화를 끊으라며 신호를 보냈고, 영서는 부랴부랴 통화를 마쳤다. 지석이를 보낸 뒤 다시 전화하면 되는 일이었기에 마음이 불편하지는 않았다. 지석이는 자신이 탈 버스가 오는지 마는지 신경 쓰는 게 아니라 오늘 영서가 김민지를 만날지 말지를 자꾸 물었다.

"글쎄. 공부가 워낙 밀려서."

그렇게 말해 놓고서야 알았다. 영서가 김민지를 만난다고 하면 지석이는 온종일 그것을 의식할 것이다. 방법은 하나뿐이었다.

"안 만날 거야. 그럴 시간이 어딨어."

"그래. 소문에 의하면 김민지 걔……."

지석이가 김민지에 대한 출처 불명의 뒷담화를 시작하려는데 지석이가 탈 2205번 버스가 도착했고 영서는 지석이가 버스에 오르도록 등을 떠밀었다.

"안녕."

버스가 보이지 않는 곳으로 사라지고 김민지에게 다시 전화를 걸었으나 저녁 약속을 잡지는 않았다. 지석이가 원하지 않는 일이라서가 아니라 집에서 식사하는 게 좋을 것 같았다. 비록 계란말이에 된장찌개가 고작이더라도 영서는 엄마 밥이 좋았고 마라탕을 먹으면 속이 좋지 않았다. 더구나 오늘은 더 조심할 필요가 있었다.

영서는 김민지와 통화를 끝낸 뒤 스터디 카페로 올라와 책을 펼쳤다. 가족이 돌아올 시간을 염두에 두면 두세 시간 바짝 집중할 수 있었다.

공부에 빠져든 지 15분이나 지났을까. 지석이한테서 문자가 날아왔다. '집에 도착', '벌써 보고 싶다'와 같은 낯간지러운 문자였다. 이모티콘을 헤프게 쏘아대면서 실없이 웃고 있는데 마치 변덕스러운 날씨처럼 '서영서!'라는 경직된 문자가 날아왔다. 지석이는 심각한 이야기를 하기 전에 꼭 그런 식으로 이름을 부르며 분위기를 잡았다.

> 난 정말 칩이라고 말한 적이 없어. 그건 분명히 하자.

영서는 즉각 답을 작성했다.

> 알았어. 내가 잘못 들었던 것 같아.

네가 날 그토록 좋아한다는 것을 알았는데 그게 무슨 상관이겠어. 영서는 그렇게 생각했기에 흔쾌하고 명랑한 마음이 되어 전송 버튼을 눌렀다. 이제 하고 싶은 것은 공부였다. 해석해야 할 지문이 산더미처럼 쌓여 있었다.

잠시 뒤 지석이는 문자를 또 보냈다. 영서는 왜 자꾸 이래, 라고 웃으면서 휴대전화를 힐끗 보았는데 거기에는 이렇게 적혀 있었다.

> 잘못 듣고 그렇게 말했으면 사과해야 하는 거 아니야?

영서는 멈칫, 했으나 곧이어 도착한 'ㅋㅋ'에 의해 다시 명랑한 기분을 되찾았다. 망설이고 싶지 않았다. 그럴 이유가 없었다.

> 그래. 내가 잘못했어. 미안해.

그렇게 글자를 쳐서 전송하면서 영서는 이렇게 중얼거렸다.

"지겨운 새끼!"

목소리가 너무 컸다고 생각해 옆에 앉은 한림 여고 경은이를 쳐다보았으나, 다행히 못 들었는지 별 반응을 보이지 않았다. 휴대전화를 침묵 모드로 바꿔 가방에 넣으면서 영서는 가만히 웃었다. 지겨운 새끼는 욕이 아니었고 싫다는 감정 표현은 더더욱 아니었다. 그때껏 사랑한다는 고백을 받는 순간의 기분이 조금도 훼손되지 않은 상태였으므로 오히려 그 반대에 가깝다고 할 수 있었다.

영서는 사랑한다는 말이 무슨 뜻인지 정확히는 모르지만, 사람 사이의 모든 부정적 기류를 빨아들이는 블랙홀이라는 것은 알 것 같았다. 영서에게는 지석이가 옆에 없는 상태에서 지석이를 떠올리며 지그시 미소 짓는 그 순간의 충만함이 무엇보다 소중했다. 지석이를 가장 사랑하는 순간은 지석이가 옆에 있을 때가 아니라 지석이가 없을 때 찾아온다는 것은 아무에게도 말해 본 적 없는 비밀이었다. 그러므로 지석이와 함께 있다가 헤어지는 순간은 지석이가 지겨운 새끼가 되는 순간이기도 하다. 지금껏 지석이 옆에서 지석이에게 만족스러운 기분을 느낀 적은 많지 않았다. 한밤중에 잠을 깨워 주는 고마운 지석이 역시 가까이 있는 지석이 아니라 멀리 떨어져 있는 지석이며 학원에서 받은 1급 비밀이라고 적힌 프린트물을 답안지와 함께 휴대전화로 찍어 전송해 주는 지석이 역시 멀리 있기에 안도감으로 다가오는 지석이었다. 곁에 있는 지석이는 무엇보다 영서를 무시하고 깎아내리는 말을 자주 한다는 단점이 있었다. 어쩌면 그때 받은 상처가 이번 칩 사건의 본질일는지 몰랐다. 자격지심이든 아니든 영서는 잘못 들었고 그것을 시비로 삼아 하마터면 헤어질 뻔했다. 알고 보니 오해한 것은 지석이가 아니라 영서였다. 영서는 진심으로 미안해서 한 문장을 더 작성해 지석이에게 보냈다.

> 나에게 열등감이 있었나 봐.

지석이가 곧바로 답을 보냈다.

> 뭐에 대한?

> ㅋㅋㅋ

> 어쩌면 너?

> ㅎㅎㅎ

> 그래, 내 생각도 그래.

> 너라서 다행이야.

> 맞아, 맞아.

고마워.

잠시 뒤 영서는 '이해해 줘서'라는 한 마디를 덧붙였다. 그에 대한 답
은 즉시 오지 않고 5분쯤 지나서 도착했다.

> 나를 다시는 그런 식으로 모함하지 않았으면
> 좋겠어. 나 이번에 너무 상처받았어.

미안해.

> 그래. 우리 이제 열공하자.

어, 너도.

그 뒤에는 각각 한 번씩 하트 표시가 된 이모티콘을 주고받았다. 영서
는 모처럼 편안한 기분이 되어 책장을 넘길 수 있었다.

두 시간쯤 공부하고 나니 배가 고파 견딜 수가 없었다.

엄마, 어디쯤이야?

저녁을 먹으러 가기 위해서는 사전 점검이 필요했다. 연휴에 고속버
스는 밀리기 마련이고, 집에 먼저 가서 기다렸다가 엄마가 늦게 오면 억
울할 것 같았다. 엄마가 도착하더라도 상을 차리려면 시간이 걸리고 이

런저런 시골 이야기를 나누다 보면 한두 시간은 훌쩍 지나가게 되어 있었다. 귀가 시간을 맞추는 게 나을 것 같았다.

엄마는 바로 답하지 않았다. 차만 타면 잠에 빠져드는 사람이니 이해는 갔지만, 마냥 기다릴 수는 없었다. 에너지 고갈로 더는 머리가 돌아가지 않았다. 집에 가서 혼자 밥을 먹고 싶은 생각은 추호도 없었다. 영서는 언니에게 문자를 보내 엄마에게 문자를 보냈음을 전해 달라고 했다.

언니가 답했다.

죽전 근처야. 차가 막히네. 30분이면 도착할 듯.

영서는 'ㅇㅇ'이라며 간단히만 대답하고 엄마에게 자신이 문자 보냈다는 말을 전해 달라고 다시 한번 부탁했다. 영서가 싫어하는 것은 엄마가 할 대답을 언니가 대신하는 것이었다. 그것을 피하려면 엄마에게 문자 보냈다는 말을 언니에게 전하는 일은 삼가야 하지만, 가끔은 알면서도 급한 성격을 드러내 일을 망칠 때가 있었다. 지금 영서에게 필요한 것은 엄마의 다정한 목소리였다.

잠시 뒤 엄마한테서 전화가 걸려 왔고 영서는 배고파 죽겠다며 엄살을 부렸다. 그런데 엄마의 대답은 꽤 충격이었다.

"너 아직 저녁 안 먹었니? 우리는 휴게소에서 대충 때웠는데."

자다가 일어났는지 엄마의 목소리는 태평스러웠고, 영서는 와락 짜증이 났다. 스터디 카페 휴게실로 나와 그걸 왜 지금 말하는 거냐며, 나는 어쩌라고 먼저 밥을 먹었냐며 소리를 질렀으나 엄마는 길게 하품할 뿐이었다. 영서는 그게 더 약이 올랐다.

"엄마, 나도 자식이야. 게다가 수험생이라고. 어쩜 이렇게 무심할 수가 있어? 서울에 혼자 있는 나는 안중에도 없어?"

"또! 또! 지랄병 났다. 배고프면 집에 가서 밥 먹으면 되는데 왜 그러니? 집에 밥이 없어, 국이 없어? 엄마도 피곤해. 어젯밤 할머니 때문에 온 식구가 한숨도 못 잤다고. 무슨 대단한 공부를 한다고 늘 그렇게 호들갑이니. 어휴, 내가 정말 너 때문에 진짜."

"나 때문에 뭐?"

그렇게 소리를 지르며 혼자 있어야 했던 시간의 서러움을 퍼부었으나 채 1분도 되지 않아 영서의 목소리는 수그러들고 말았다. 그러고는 이렇게 묻고 있었다.

"할머니는 왜?"

"모르지. 내내 불퉁해 있더니 밤에는 체했다며 토하고 난리, 난리, 그런 난리가 없었다. 노인네라서 그런가. 손가락을 따도 소용없고 소화제며 활명수도 안 듣더라니까. 그런데 뭘 먹고 괜찮아졌는지 아니?"

"뭔데?"

팩 쏘아붙였으나 궁금하기는 했다.

"콜~라. 그것도 코카콜라."

영서는 피식, 웃었다. 하지만 재빨리 목소리를 가다듬었다.

"소화제 먹은 효과가 뒤늦게 나타난 거지, 무슨."

"할머니가 그렇다니까 그런 줄 알지 엄마가 뭘 알겠니. 암튼 배고프면 밥 먹어. 카레도 넉넉히 해놓고 사골도 있는데 뭐가 걱정이야?"

"나 카레도 싫고 사골도 싫어. 된장찌개가 먹고 싶어."

"지랄한다."

"진짜란 말이야. 그것도 못 해 줘?"

"내일 아침에 먹으면 되잖아. 오늘은 엄마 그만 괴롭히고 카레 먹어. 아니면 사 먹든가."

"이게 괴롭히는 거야?"

"괴롭히는 거지, 그럼 도와주는 거니?"

그러면서 "돈 아직 남았지?"라고 물었고, 영서는 굳이 대답하지 않았다. 엄마는 주변에 온통 자기를 해코지하지 못해 안달인 사람들만 수두룩하다며 충주 할아버지 집에서 겪은 일을 하나하나 건드리기 시작했다. 할머니의 위생 관념부터 남의 심기를 건드리는 말투까지 도마에 올리는가 싶더니 어느샌가 작은아빠에 대한 수위 높은 비난에 이르렀다. 설 쇠러 오는 대신 해외여행에 나선 작은아빠가 갈비짝을 보냈는데 아무리 푹푹 삶아도 질긴 맛이 사라지지 않아 고생했다는 이야기였고 그것 때문에 체한 게 분명한데 할머니는 아니라고 부득부득 우기더라는 것이다.

옆에서 엄마의 이야기를 듣고 있을 아빠의 표정을 생각하니 영서의 얼굴이 붉어졌다. 곧이어 배운 사람들은 왜 그 모양이냐고 엄마가 말하고 있는데 때맞춰 한림 여고 손경은이 전화기를 귀에 댄 채 휴게실 안을 들여다보았고, 전화 건 상대를 향해 "여기 있어."라고 말하는 소리가 들렸다. 영서는 엄마에게 저녁은 알아서 챙겨 먹겠다고 한 뒤 전화를 끊었다.

곧이어 휴게실 안으로 김민지가 들어왔다. 그건 정말이지 거의 들이닥치는 수준이었지만, 있을 수 없는 일은 아니었다. 손경은과 김민지는 영서와 같은 중학교를 나온 사이였기 때문이다. 김민지는 '뉴욕 양키스'라고 적힌 레터링 색상 비니에다 베이지색 바시티 재킷으로 한껏 멋을 낸 상태였으며 검은색 운동화에는 비즈가 영롱했다. 처음 보는 차림인 것으로 보아 이번 설날 새로 장만한 아이템들인 모양이었다.

영서는 김민지를 향해 티 나게 웃어 주었다.

'너 그 차림 자랑하려고 나온 거구나. 혼자 보면서 셀카나 찍자니 얼마나 아까웠을까.'

하지만 발을 동동 구르더니 김민지가 선수를 쳤다.

"싹 다 우리 언니 거야. 요대로 놀다가 들어가 곱게 벗어놓으면 돼. 히히."

언니는 지금 아르바이트하는 중이고 10시는 되어야 집에 들어올 거라고 했다. 그러면서 자기 옷이나 운동화에 얼룩이 튀지 않도록 조심하라고 하면서 이렇게 제안했다.

"야, 밥 먹으러 가자."

김민지의 호들갑스러운 제안에 손경은이 먼저 반응했다. 둘은 이미 문자로 약속을 잡은 것 같았다.

"난 집에 가야 하는데."

영서는 괜히 한 발 뺐지만 이미 작정하고 나온 김민지를 뿌리칠 방법은 없었다. 결국 못 이기는 척 김민지를 따라 마라탕집으로 갔다.

마라탕집에서 자리를 잡고 앉았을 때였다. 지석이가 전화를 걸어 다짜고짜 방금 김민지랑 통화했느냐고 물었다. 아마도 영서에게 전화를 걸었더니 통화 중 신호가 나오니까 김민지라고 상상하며 애를 태웠던 것 같다. 지석이가 김민지를 왜 이토록 경계하는지 도저히 이해할 수 없다고 생각하는 사이 경계심이 풀렸던 것인가.

"아니, 통화는 엄마랑 했고 김민지랑은 밥 먹으러 왔어."

말해 놓고서야 아차 싶어서 영서는 머리를 쥐어박았다. 김민지와 손경은은 진열대로 가서 신나게 재료를 고르고 있었다. 우려는 곧 현실이 되었다. 지석이는 지난번 함께 먹었던 그 마라탕집이냐고 묻더니 자기도 갈 테니 기다리라고 했다.

지석이가 도착한 것은 영서 일행이 마라탕을 절반가량 먹었을 때였다. 오늘따라 너그러워진 김민지는 지석이가 왔는데도 이렇다 할 반감을 드러내지 않았다. 오히려 긴 머리를 정돈한 뒤 비니를 예쁘게 다시

쓰면서 방긋방긋 웃었고, 지석이가 재료를 고를 때는 곁으로 다가가 오늘은 이게 맛있다느니 저건 맛없다느니 하면서 간섭하기를 주저하지 않았다. 집게로 버섯을 집어 주면서 "너, 이 버섯 이름이 뭔지 알아? 이건 노루궁뎅이버섯이고 저건 꾀꼬리버섯이야."라고 말했을 때는 지석이가 김민지를 가볍게 걷어차면서 "이게 어디서 거짓말이야."라고 소리쳤고 김민지는 진짜라며 깔깔거렸다.

마라탕이 나와 지석이는 국물을 한 숟가락 떠먹고 나서 감탄사를 연발했다.

"와! 명절 음식 때문에 입안이 텁텁했는데 너무 시원하고 좋다."

"그렇지? 맞지? 나도 그랬다니까."

김민지가 호들갑스럽게 공감을 표하자 손경은까지 "오!", 하면서 감탄스러워했다. 김민지가 "맞지?"라고 한 것은 "내 말이 맞지?"라는 뜻이었음이 드러났다. 손경은은 휴대전화를 열더니 저녁 약속을 잡으면서 김민지와 나누었던 대화를 보여 주었다. 거기에는 김민지가 이렇게 표현한 대목이 있었다.

> 기름진 음식 너무 먹었더니 입안이 개텁텁하지 않냐?
> 나 오늘 마라탕 안 먹으면 혀를 잘라낼지도 몰라.

영서는 김민지와 손경은이 나눈 대화를 다 읽어 본 뒤 자신도 통화하면서 김민지에게 비슷한 말을 들었음을 떠올렸고 슬며시 고개를 끄덕였다. 연휴 기간에 음식다운 음식을 먹지 못해 반감을 갖거나 부러워할 수도 있었으나 저도 모르는 사이 공감하고 말았다. 김민지와 손경은은 물론 지석이마저 친가가 모두 서울이어서 고난의 귀향 행렬과는 무관한 아이들이었다. 지방으로 설을 쇠러 가는 집은 영서네 뿐인데 이번에 영서는 빠졌고 명절 음식은커녕 제대로 된 음식조차 먹어 보지 못했다.

　하지만 친구들 앞에서 그와 같은 세세한 사연을 말하기는 어려웠다. 왜냐고 물으면 대답할 말이 궁색할 것 같았다. 집안 형편에 관해 말하고 싶지도 않거니와 실연의 아픔으로 엄마가 만들어놓고 간 음식마저 먹지 못했다는 이야기는 더더욱 할 수 없었다. 영서는 밥을 굶어 얼굴 살이 줄어든 반면 지석이는 멀쩡한 얼굴이라고 느끼기는 했지만 그래도 기름진 음식을 많이 먹어 입까지 텁텁할 줄은 몰랐다. 지석이가 영서가 괴로웠던 것과는 다른 시간을 보냈을 수도 있다고 생각하자 왠지 모를 배신감이 들었지만 이미 정리된 일을 다시 건드릴 필요가 있는지는 의문이었다. 난 힘들었는데 넌 좋았던 것 같다? 그게 사실이라고 하더라도 영서에게는 그 모든 것을 상쇄시키고 남을 아름다운 장미 한 송이가 있었다. 지석이가 온 힘을 기울여 사랑한다고 말했던 순간의 기적을 유리병 같은 곳에 담아 평생 간직할 수 있다면 얼마나 좋을까. 영서는 입이 텁텁하지 않아 따돌림받는 것 같은 지금의 느낌은 참기로 했다. 서영서를 따돌린 사람은 자기 자신일 수도 있었다. 아무렴 마음속에서 아름다운 장미 한 송이가 불타오르는데 그게 무슨 대수겠는가.

그때 손경은이 영서에게 이렇게 물었다.

"넌 국물은 안 먹는 것 같다. 채소랑 면만 건져 먹네."

영서는 서둘러 "어, 난 원래 좀 그래."라고 대응했는데 다른 아이들 마라탕 그릇을 엿보고 나자 과연 기가 죽었다. 지석이와 김민지는 국물을 얼마나 마셨는지 건더기만 남아 있었고, 손경은의 그릇은 거의 바닥을 드러내고 있었다. 마라탕을 얼마나 먹었는지가 자신이 얼마나 사랑받는 존재인지를 드러내는 척도는 아니겠지만 적어도 명절에는 그것이 매우 타당한 논리일까 봐 겁이 났다.

"난 위가 약해서 건더기만 먹어도 매콤해."

그러면서 응원을 바라는 눈으로 지석이를 쳐다보았다. 영서가 매운 것을 부담스러워한다는 사실을 지석이는 어느 정도 알고 있었기에 한 마디쯤 지원의 말만 쏘아 준다면 혼자 고립된 것 같은 꿈꿈함에서 벗어날 수 있을는지 모른다. 지석이는 영서를 돕기보다 엉뚱한 소리를 하고 있었다.

"먹던 것이긴 하지만 이거라도 먹을래?"

지석이가 가리킨 것은 자기가 남긴 채소 건더기였고, 어느새 젓가락으로 보란 듯이 꽃송이버섯을 집어 올린 상태였다. 말이 좋아 꽃송이버섯이지 숨이 죽어 축, 처진 데다 살결마저 너덜너덜해져 버린 꽃송이였다. 영서는 속에서 불편한 감정이 올라오는 것을 느꼈다. 둘만 있을 때 그렇게 말했더라면 거절은 했어도 기분은 상하지 않았을 것이다. 하지만 여럿이 모인 자리에서 자신이 남긴 음식을 권하다니. 그건 왠지 아닌 것 같았다. 영서는 입맛이 뚝 떨어져서 수저를 놓고 말았다.

"괜찮아. 난 배불러."

그러자 예상했던 반응이 쏟아졌다.

"와, 너희 국 건더기도 나눠 먹는 사이니? 그건 우리 엄마 아빠도 피하는 일인데."

"밥도 나 한 입, 너 한 입 그러는 거 아니야?"

거기까지는 참을 수 있었다. 어차피 놀리려고 한 말이었다. 하지만 지석이의 다음 반응은 불난 집에 부채질한 격이 되었다.

"사귀는 사인데 뭐 어떠냐? 우리 먹던 거 서로 빼앗아 먹고 그래. 김민지 너, 친하다면서 우리 영서한테 그런 이야기는 못 들은 모양이네."

그뿐이 아니었다. 지석이는 이렇게 도발했다.

"그럼, 너희 둘은 안 친한 거야. 내 말이 맞지?"

그것이 영서와 초등학교 중학교 동창인 절친, 김민지를 자극한 것 같았다. 김민지는 열이 오르는지 비니를 확 벗더니 긴 머리카락을 고무줄로 단단히 묶으며 전투태세를 취했다.

"그러니까 너희……."

그 뒤로 김민지는 자신이 언니 옷을 몰래 입고 나왔다는 사실을 완전히 잊은 것 같았다. 고상하면서도 사근사근한 태도를 벗어던지고 젓가락을 이리저리 휘둘렀다. 김민지는 평소의 김민지로 돌아와 "웩!"을 세

번이나 했고 재수 없다는 식의 험한 말도 서슴지 않았으며 급기야 이렇게 물었다.

"영서 너, 혹시 쟤가 먹다 남긴 음식 먹은 적 있니?"

"아, 아니."

그러자 지석이가 재빨리 끼어들었다.

"야, 내가 먹던 아이스크림이나 만두 먹은 적 있잖아."

영서는 입을 딱 벌렸다. 아이스크림과 만두를 나눠 먹은 적은 있었다. 하지만 정확히 말해 지석이가 영서의 것을 빼앗아 먹는 식이었다. 영서가 만두나 아이스크림을 먹다가 장난삼아 내밀면 지석이가 받아 반대쪽을 베어 먹곤 했다. 그 반대의 경우는 없었다. 먹는 속도가 달랐기에 영서가 지석이의 것을 빼앗아 먹을 틈은 없었다. 그런데 어쩌다가 말이 그런 식으로 흘러간 거지?

"글쎄."

영서는 똑 부러지게 말할 수 없었다. 세 친구와의 저녁 식사가 왠지 모르게 편 가르기 형태로 흘러가는 것 같았다. 지금까지는 마라탕을 먹는 방법 때문에 셋이 한 편이고 영서가 고립된 형국이었지만 지석이가 "영서는 내가 먹던 아이스크림과 만두를 먹은 적이 있다." 해서 판이 바뀌었다. 영서가 지석이 말이 사실임을 인정한다면 지석이는 영서 곁으로 돌아올 것이고, 영서는 더는 외롭지 않을 것이다. 그러자면 지석이가 남긴 음식을 먹는 사람이 되는 것은 불가피했다. 그건 사실이 아니었다.

설사 사실이라고 치더라도 둘만의 장면에 속하는 이야기를 친구들 앞에서 굳이 발설할 필요가 있을까. 게다가 영서는 대답해야 하는 상황을 강요당하는 것이 불편하고 못마땅했다. 지석이는 지석이와 영서의 사이를 왜 "우리는 만두와 아이스크림을 나눠 먹는 사이."라고 정의하지 않고 자신이 남긴 음식을 영서가 먹는 사이로 만들어 버렸는가. 음식을 나눠 먹는 사이와 먹다 남긴 음식을 먹는 사이의 뉘앙스는 달라도 너무 달랐다.

영서는 결정해야 했다. 고립되더라도 존엄성을 지킬 것인가. 아니면 편짤 사람을 정해 그의 곁으로 비굴하게 파고 들어가 안길 것인가. 김민지가 대답을 다그치고 있었다.

"진짜야?"

김민지는 거기서 멈추지 않았다. 어떻게든 평가하고 말겠다는 듯 아예 영서 쪽으로 얼굴을 바싹대고는 말 폭탄을 쏟아놓았다.

"내가 말했지? 우리 엄마도 우리 아빠가 남긴 국 건더기 안 먹는다고. 만약 네가 그런다면 나 너 다시는 안 볼 거야. 연애하면서 벌써 현모양처 놀이하는 여자애들 진짜 싫어. 그건 여자에 대한 모독이라고."

보다 못한 손경은이 김민지를 제지했다.

"김민지, 오늘 말이 지나치다. 영서가 뭘 어쨌다고 그런 소리까지 하냐."

지석이가 영서에게 무언가를 더 말하려고 나섰을 때는 그 또한 제지

하며 발언 기회를 주지 않았다. 손경은은 "그만! 그만!"하고 손바닥으로 가위표를 만들었다.

"그 이야기는 여기서 끝."

그렇게 해서 그날의 소란은 일단락되었다. 마라탕집을 나오면서 지석이는 영서에게 다가와 귓속말로 "우리 만두하고 아이스크림 나눠 먹었잖아."라고 속삭였다. 맥락이 달라진 게 우연인지 의도인지는 몰라도 하나는 확실했다. 지겨운 새끼! 영서는 그렇게 느꼈고, 잠시 뒤에는 "진짜 지겨운 새끼!"라고 웅얼거렸다. 마라탕을 먹은 뒤에는 반드시 어묵으로 입가심하며 매운맛을 중화시키는 절차를 거쳤으나, 그날 그 의식은 생략되었다.

불쾌의
포인트

영서가 집으로 돌아왔을 때 엄마는 시골에서 가져온 것들을 분류해 베란다와 냉장고에 정리하고 있었고, 아빠는 청소기 코드를 콘센트에 끼우는 중이었다. 언니는 친구를 만나기 위해 터미널에서 시내로 곧장 나갔다고 한다.

"청소하려고?"

그러고 보니 집 안 상태가 엉망이었다. 거실에는 젖은 수건과 옷가지가 널브러져 있었고, 과자 봉지와 부스러기 사이를 머리카락 덩어리가 뒹굴며 돌아다녔다. 잔소리하는 사람은 없어도 지난 몇 시간이 자꾸만 부끄러워 영서는 부엌으로 달려가 엄마의 허리를 껴안으며 오랫동안 냄새를 맡았다. 엄마의 등에 대고 얼굴을 비비고 났더니 생채기 난 마음이 한결 가라앉았다. 그러다가 새로운 사실에 주목하게 되었다. 지석이는 멀리 떨어져 있을 때가 좋지만 엄마는 가까이 있을 때가 나았다. 뭐라고 욕하면서 소리를 질러도 위협이 되지 않는 사람이 엄마이기 때문이다. 지석이와 싸울 때는 휴대전화 배터리 칸이 뭉텅뭉텅 사라지는 기분이 들 정도로 힘이 들었다.

엄마는 영서가 좋아하는 오징어잡채전을 통에서 꺼내 입안에 넣어주었다. 차가웠지만 오랜만에 먹는 기름진 음식이다 보니 꿀맛이었다. 평소에는 잘 먹지도 않던 명태전과 새우튀김, 배추전까지 먹어댔더니 순식간에 배가 불러왔다. 엄마는 체하면 안 된다면서 정수기에서 뜨거운 물을 받아 매실차를 타 주었다. 그러고는 냉장고를 뒤적이더니 카레며 사골은 왜 먹지 않았는지 물었다.

"아예 손도 안 댄 것 같은데?"

"그냥. 입맛이 없어서."

"입맛이 없어도 끼니는 때워야지. 그러고 보니 우리 딸 얼굴이 핼쑥해졌는데?"

"진짜?"

영서는 시치미를 떼면서 거실로 가 거울을 들여다보는 척했다. 두 눈은 데꾼하고 횅했으며 얼굴 피부도 얇아진 것 같았다. 엄마가 알아주니 고마워서 눈물이 날 것 같았다. 연휴 기간 있었던 일을 엄마에게 털어놓고 상의할 수 있으면 얼마나 좋을까 싶지만 너무 늦었다는 것을 알았다.

부모님은 영서에게 남자 친구가 있다는 사실을 모르고 있었다. 안다고 해서 야단맞거나 꾸지람을 들을 리도 없는데 왜 말을 안 했는지는 정확히 알 수 없다. 어쩌다 보니 말하지 못했고 그러다 보니 지석이와 겪는 감정 문제에 대해 무방비일 수밖에 없었다. 그 기간이 1년가량 되고 나니 감당해야 할 비밀도 엄청나게 쌓였다.

엄마가 샤워하려고 화장실로 들어갔을 때 아빠는 청소기 소음을 줄이면서 영서를 입식 에어컨 뒤로 데려갔다.

"고모들과 할아버지가 네 몫의 세뱃돈을 언니한테 맡겼어. 이따가 달라고 해."

그러더니 15만 원이라며 액수까지 가르쳐 주었다. 영서가 손가락으로 동그라미를 만들며 알았다고 신호하자 아빠는 한마디를 더 했다.

"지금 문자 하거나 그러지 말고, 이따가."

그 뒤 아빠는 네 방부터 청소해야겠다며 영서 방으로 들어갔다. 잠시 소파에 누워 티브이를 켰다가 이내 껐다. 청소기에 티브이 소리까지 겹쳐 귀에 거슬렸다. 가방에서 휴대전화를 꺼내 열었더니 지석이의 문자가 도착해 있었다.

뭐해?

처음에는 그냥 쉬고 있다고 문장을 만들었으나 아빠와 함께 대청소 중이라고 내용을 바꾸었다. 하지만 이내 혀를 찼다. 의식하지도 못한 사이 자신이 알리바이를 만들고 있다고 느꼈기 때문이다. 문자를 늦게 본 것에 대해 혹시라도 지석이가 서운해할까 봐 대청소한다고 둘러댄 게 아닐까 싶었다. 남의 눈치를 보는 행동이 나쁜 것은 아니었다. 타인을 의식할 줄 알아야 개꿈에서 빨리 깨어날 수 있다고 말해 준 사람은 체육 선생님이었다. 영서는 체육 선생님을 좋아하지 않았고 그가 좋은 의도로 그런 말을 한 것 같지도 않았으나 그 한마디는 사라지지 않고 영서의 뇌리를 2년째 차지하는 중이었다. 그래도 이렇게 지석이의 일거수일투족을 두고 눈치를 보고 신경을 쓴다는 것은 적지 않은 스트레스였다.

영서는 자신의 답 문자가 딱딱하다고 느꼈지만 안 그런 척 꾸미지 않기로 했다. 마라탕집에서의 불쾌감은 이물질처럼 여전히 목구멍에 들러붙어 있었다. 생각해 보니 지난번 김민지랑 같이 만나 떡볶이 먹을 때도 분위기가 험악했다. 그날도 지석이는 영서를 두고 "얘는 학원에 안 다니잖아. 아무래도 학습 질이 떨어지는 편이라 내가 많이 도와줘야 해."라거나 "내가 내 공부하느라 무심했더니 우리 영서 모의고사 성적 바로 떨어졌잖아. 다 내 탓이지 뭐."라면서 친구들 앞에서 으스대다가 김민지의 반발을 샀고 마침내 감정싸움으로 번졌다.

"영서는 어차피 수시로 대학 갈 거야. 너 아니어도 얼마든지 1등급을 유지할 수 있어." 말하며 김민지가 영서를 대변해 주는 게 싫지는 않았지만, 말 한마디로 끝장을 보려고 하는 데는 질리고 말았다. 더 중요한 것은 김민지가 번번이 간섭하는 것이 영서와 지석이 사이를 건강하게 만드는 게 아니라 더 악화시킨다는 점이었다. 지석이는 오늘 음식으로 영서를 깎아내렸다. 사람이 사람을 깎아내리는 방법이 그토록 다양하다니. 생각할수록 기가 차고 어이가 없었다.

'어쩜 머리를 그런 데다 써?'

더 화가 나는 것은 지석이가 치졸한 변신술을 쓴다는 데 있었다. 김민지와 손경은이 곁에 있을 때는 영서를 '내가 남긴 음식을 먹는 아이'로 만들지만, 그 애들이 없으면 재빨리 '우리는 음식을 나눠 먹는 사이'로 바뀌었다. 그 모든 것이 우연이 아니라 의도한 것이라면 지석이가 노리는 것은 무엇일까. 오래전부터 가졌던 궁금증이 입을 활짝 벌렸다. 거기에 대답하려면 지석이의 내면으로 켜켜이 파고 들어가야겠지만, 이제는 피곤했다. 지친 것 같았다.

두 번째 도착한 문자는 이랬다.

> 속은 어때? 마라탕 먹었는데 괜찮아?

생각해 주는 말투인 것으로 보아 지석이는 영서의 심란한 마음을 알고 있고, 그것을 해결할 목적으로 연락한 것 같았다. 의미 없는 문자를 몇 번 더 주고받은 뒤 지석이는 단도직입적으로 물었다.

> 아까, 기분 나빴지?

뜨끔했다. 곁에 있으면 괴롭지만 멀리 있을 때 지석이는 매력적일 때가 많았다. 지석이는 그와 같은 매력을 뽐냄으로써 영서의 궂은 기분을 설거지하려는 걸까. 영서는 어떻게 알았느냐고 물으려다가 조금은 낯간지럽다는 생각에 이렇게 문자를 보냈다.

왜?

역지사지!

응?

처지를 바꿔 보니까 네 기분을 알겠더라고.

아.

솔직히 말해 봐. 기분 나빴지?

솔직히 말해 보라니까 영서는 못 이기는 척 솔직히 말했다.

기분이 좋지는 않았어.

그러자 다음에 날아온 문자는 이랬다.

그러니까 내가 김민지는 아니라고 몇 번이나 말했냐.

응?

늘 반복되는 상황이지만 영서는 이번에도 놀랐다. 지석이의 집요함이 그랬고 방심을 뚫고 들어오는 순발력에 혀를 내둘렀다. 영서는 지석이의 의도가 무엇인지 알 것 같았다. 덮어씌우기. 더도 덜도 아닌 그거였다. 오늘의 김민지를 생각하면 영서 역시 참을 수 없는 기분이지만 그렇다고 해서 지금 간직하고 있는 불쾌의 포인트가 김민지한테서 비롯된 것은 아니었다. 지석이의 문자가 이어졌다.

손경은도 말했잖아. 영서 네가 뭘 어쨌다고 김민지가 그토록 심하게 말하느냐고.

기억나.

현모양처 놀이라니, 그게 친구한테 할 소리냐.

그러게.

자신의 논리가 먹혀들면서 지석이는 안심한 것 같았다. 어느새 김민지를 향한 막말 행진이 펼쳐졌다.

김민지 걔, 몸이 불쾌감 그 자체잖아.

무슨 소리야. 김민지 그만하면 괜찮은데.

괜찮다고? 김민지가? 웩!

난 그만하면 나쁘지 않다고 봐.

영서는 일부러 확신에 찬 어투를 사용했다. 적극적으로 화장해 본 적은 없지만. 영서는 김민지의 외모가 무시당할 정도는 아니라고 믿고 있었다. 예쁜 건 분명 아니지만 보이시한 면모를 새하얀 피부가 받쳐 주고 있었다. 영서는 지나치게 여성스럽기보다 김민지 스타일이 더 낫다고 생각하는 쪽이었다. 지석이는 못 이기는 척 한발 물러섰다.

외모도 그렇지만 몸에서 풍기는
에너지 같은 게 있잖아.

에너지?

그다음으로 무슨 말이 나올지 짐작이 갔다. 지난번에도 지석이는 김민지의 에너지를 문제 삼은 적이 있었다. 옥수수밭을 가로질러 돌진하는 무서운 멧돼지 같다고 해서 영서는 지나친 표현이라며 반대 의사를 분명히 밝혔다. 오늘 또 그런 식으로 말한다면 조금 더 세게 반응할 작정이었다. 친구여서가 아니라 남의 외모에 대해 차별적인 발언을 일삼는다면 의사를 분명히 말해 둘 필요가 있다. 지석이는 영서가 기다리고 있는 그곳으로 오지 않았다. 하지만 이번에도 매서운 순발력을 발휘했다.

너 지금 내 앞에서 김민지 편드는 거야? 오늘 그렇게 당해 놓고도 그런 소리가 나오냐?

그때 영서 방을 다 청소했는지 아빠가 청소기를 끌고 나와 언니 방으로 들어갔다. 먼지가 가라앉은 뒤에 들어가는 게 나을 테지만 영서는 급한 마음에 방으로 들어가 문을 닫았고 침대 위에 올려져 있는 물건들을 제자리로 옮겨 놓았다. 그사이 생각이 어느 정도 정리되었다.

그런데 지석아, 궁금한 게 있어.

영서는 분위기를 잡았다.

그래. 말해 봐.

너는 왜 내 친구들 앞에서 그렇게 말했던 거야?

내가 뭐?

우리는 음식을 나눠 먹는 사이라고 했으면 좋았을 텐데 네가 먹다 남긴 음식을 내가 먹는 사이인 것처럼 말했잖아.

난 그렇게 말하지 않았는데. 너 또 오버 아니니?

오버라고? 너 아까 분명히 그렇게 말했어.

내가 언제?

아님, 김민지가 왜 나한테 네가 남긴 음식을 먹은 적이 있냐고 물었겠어? 그게 오늘 일어난 일의 발단이잖아.

그건 김민지가 그렇게 몰아간 거지.

지석이의 목소리 톤이 높아졌다. 마라탕집에서 나누었던 이야기를 하나하나 들추어 시간 순서로 배열하기 시작했다. 김민지가 국 건더기도 나눠 먹는 사이냐고 물었다가 이내 지석이가 남긴 음식을 영서가 먹은 적도 있느냐는 질문으로 건너뛰었다는 것이다. 그것은 자신의 탓이 아니라 김민지의 논리적 비약이라고 했다. 여느 때처럼 영서는 헷갈렸다. 어쩌면 자신이 잘못 기억하는 것인지도 모르는 일이었다. 지석이가 너희 둘은 안 친한 거라고 도발하면서 김민지를 자극한 것이 대화의 흐름에 어떤 영향을 미쳤는지도 더 생각해 봐야 할 것 같았다. 하지만 한 가지 사실은 분명히 기억났다.

그러면 왜 나한테 네가 남긴 마라탕을 먹을 거냐고 물어본 거야?

아, 정말.

맞잖아.

우리가 아이스크림이나 만두를 나눠 먹은 건
사실이잖아.

그러게. 우리가 아이스크림과 만두를 나눠 먹는 사이라고
했으면 좋았을 걸 왜 그렇게 말했느냐고. 아이스크림이나
만두를 한 입씩 나눠 먹는 거랑 마라탕 건더기를 먹는 것은
완전히 다른 거잖아.

그게 그거지 뭐가 달라? 너 듣자 듣자 하니까
정말 이상하다. 어떻게 내 편을 드는 게 아니라
김민지 편을 들어. 아까 김민지가 너한테 현모
양처 놀이한다고 한 말 잊었어?

아니. 하지만 네가 나에게 마라탕 건더기 먹으라고 할 때의
기분도 똑똑히 기억나.

내가 이래서 너한테 김민지 만나지 말라고 한 거야. 김민지는
늘 너를 이상한 방향으로 끌고 가잖아. 그때마다 나는 너를
잃어버리는 기분이라고.

영서는 멈칫했다. 다른 날, 다른 상황이었다면 뭉클한 느낌을 받았을
는지 모르겠지만 지금은 아니었다. 또다시 작전에 걸려들었다는 느낌이
강했다.

'이건 다람쥐 쳇바퀴야.'

영서는 그렇게 생각했다. 쳇바퀴가 돌아가면 돌아갈수록 영서의 자존
감은 땅으로 떨어졌다.

'이젠 멈추어야 해. 지금 당장 멈추어야 한다고.'

> 오늘은 그만하자. 나 피곤해.

영서가 그만하자는 문자를 보낸 것은 거의 처음 있는 일이었다. 지석
이의 다음 문자는 10분쯤 지나 도착했다.

알겠어. 알겠는데 미안하다고는 해야 하는 거
아니니?

> 뭘 미안해해야 하는데?

네가 내 기분을 엉망으로 만들었잖아.
그리고 나서 그만하자면 다야?

영서는 깊이 생각하지 않고 막 나가는 기분이 되어 바로 답을 보냈다.

> 내가 네 기분까지 책임져야 해?

당연하지. 내 기분이 엉망이 된 건
네 탓이니까.

그만하자. 나도 힘들어.

그러고 난 뒤 영서는 지석이를 다시 차단했다. 영영 틀어막을 생각은 없었다. 당분간. 어쩌면 오늘 밤만이라도 지석이 없는 세상에서 쉬고 싶었다.

사디스트와의
계약서

침대에 누워 마라탕집에서 있었던 일을 하나하나 복기하다가 자기도 모르게 잠이 들었던 것 같다. 눈을 떴을 때는 깜깜한 밤이었고 11시 가까이 된 상태였다. 스터디 카페로 돌아가기에는 늦은 시간이었다.

"나 좀 깨우지."

밖으로 나가 티브이 앞 소파에서 졸고 있는 아빠에게 심통을 부렸으나 말이 먹히지는 않았다. 아빠는, 엄마는 잠이 들었고 언니는 방금 들어와 방에 있다고 귀띔했다. 말귀를 알아들은 영서는 방으로 다시 돌아와 할아버지에게 전화를 걸기 위해 번호를 찾았으나 포기했다. 늦은 밤이었다. 전화해도 주무실 테니 받을 리가 없었다.

할아버지와 알리바이를 맞추지 못했다고 해서 세뱃돈을 포기하거나 내일로 미룰 수는 없었다. 언니가 버스 터미널에서 내리자마자 친구 만나러 갔다는 것부터 수상쩍었다. 지난해 추석에도 언니는 영서 몫으로 받은 돈을 허락 없이 썼고 지금껏 돌려주지 않고 있다. 영서는 계속 달라고 조르고 언니는 없다며 잡아떼는 바람에 돈을 빼앗기고도 고맙다는 소리를 듣기는커녕 자매간의 불신만 깊어졌다. 이대로 계속 당할 수는 없었다.

노크하고 언니 방으로 들어갔더니 침대에 누워 휴대전화를 보고 있던 언니가 놀라며 벌떡 일어나 앉았다. 그러고는 긴급한 일이라도 있는 듯 휴대전화를 내밀면서 물었다.

"이거 네가 그린 거라며?"

윤서가 보여 준 것은 영서가 빌라 주차장 501호 칸에 그려둔 나무 그림 사진이었다. 불빛에 음영이 드리워 변색한 것처럼 보이지만, 영서가 그린 그림이 틀림없었다. 어떻게 알았느냐고 했더니 401호 아줌마가 말해 주었다고 했다.

윤서가 물었다.

"뭐야?"

"어, 말하자면 길어."

영서는 침을 꼴깍 삼켰다. 집중력을 발휘하지 않으면 순식간에 뒤통수를 얻어맞을 것이다. 나무 그림 이야기를 꺼낸 게 영서의 정신을 분산시키기 위한 계략이든 아니든 언니 방에 들어온 목적을 분명히 하는 게 그동안의 패배를 만회하는 길일 것 같았다. 언니는 다시 침대에 드러누워 휴대전화를 계속 보고 있었다. 영서는 침대 곁으로 가 언니에게 바싹 다가앉았고, 단도직입적으로 손바닥을 내밀었다.

"내 세뱃돈 받으러 왔어. 할아버지한테 전화했다가 들었어. 15만 원이라고 하더라?"

"어, 그래. 줄게."

언니는 태연한 표정이었으나 일어나 돈을 꺼내러 가지는 않았다. 영서가 계속 달라고 했을 때는 태평스러운 목소리로 협상을 시도했다.

"이등분해서 75000원으로 나누자."

"미쳤어?"

"아니면 개평이라고 생각해도 되고."

"싫어."

"치사한 년."

"세뱃돈에서 개평 뜯으려는 언니가 치사한 거지. 누가 뭐래도 그건 내 돈이야. 나한테 전해 주라는 돈인데 언니가 번번이 배달 사고 냈잖아. 벌써 몇 번째야?"

"꼭 그런 건 아니란다."

이어지는 비합리적 논리에 영서는 울화가 치밀었다. 언니에 의하면 엄마 아빠가 친척 집 아이들에게 세뱃돈을 주니까 그 집 부모들도 우리 집 아이들에게 세뱃돈을 준다는 것이었다. 여기서 중요한 것은 '우리'인데 우리는 우리 가족이라는 의미이므로 엄밀히 말해 그 세뱃돈은 집안의 돈이지 영서 개인의 몫은 아니라고 했다. 영서는 언니가 그렇게 말하는 이유를 어느 정도 꿰고 있었다. 이런 갈등은 윤서가 중고생이 아니라 대학생이 되었다는 사실과 무관하지 않았다. 영서네 가족은 대학생 아이에게는 용돈이나 세뱃돈을 주지 않는 문화가 형성되어 있었고, 멀리 있는 학교에 다니느라 아르바이트할 겨를이 없는 윤서는 거기에 강한 불만을 품고 있었다. 윤서가 불만을 해소할 방법은 영서의 세뱃돈을 가로채거나 그것을 이등분하여 나누는 것이었다. 고등학생이 된 이후 영서가 충주행에서 번번이 빠지면서 윤서는 기회를 잡았으나 영서는 용납이 안 됐다. 세뱃돈이 공금이라는 것은 언니 개인의 논리일 뿐 정의롭지도 객관적이지도 않았다. 세뱃돈을 준 사람은 영서에게 전달해 달라고 했으므로 그것은 어디까지나 영서의 돈이었다.

"빨리 줘. 아니면 내가 직접 가져간다."

단단히 각오한 상태라 영서는 일어나 윤서의 가방을 거꾸로 들고 흔들어 지갑을 꺼냈고 안을 뒤졌다. 그런데 이게 웬일인가. 세뱃돈도 세뱃돈 봉투도 보이지 않았다. 윤서의 지갑에 있는 현금이라고는 단돈 2000원이 전부였다. 혹시나 해서 벽에 걸린 외투 주머니와 다른 핸드백 안주머니까지 뒤졌으나 돈은 나오지 않았다.

"내놔!"

밤중이라는 사실도 잊고 소리를 빽 질렀더니 아빠가 방문을 열고 말했다.

"윤서야, 동생 세뱃돈인데 줘야지."

하지만 그게 다였다. 엄마가 영서에 대한 관리를 언니에게 맡긴 이상 아빠의 개입은 한계가 있었다. 언니는 침대에 누운 채 "없지롱." 하면서 킬킬거렸고 아빠는 두어 번 헛기침을 한 뒤 문을 닫았다. 영서가 할 일 이라고는 순간적이나마 우주의 기운을 끌어모아 자신의 시력을 고해상 초정밀 카메라 급으로 높이는 것이었다.

"어디 있어, 빨리 달라고."

"그러니까 75000원만 개평 뜯자."

"싫어. 그건 내 돈이야."

영서는 우는 기분이 되어 방바닥에 주저앉았으나, 달리 어찌해볼 만 한 수단이 없었다. 아빠에게 도움을 요청해 봐야 소용없다는 것을 알았 고, 엄마는 자신의 대리인인 윤서에게 양육을 맡긴 뒤 잠들어 버렸다. 112에 전화를 걸 수도 없고 소방차를 부를 수도 없었다. 그렇다고 또 당 하기는 싫었다. 이것은 단지 세뱃돈의 문제가 아니었다. 집에서 하나뿐 인 언니까지 영서를 깔보며 존중하지 않는다면 남에게 당하기는 너무 쉽지 않을까. 사랑한다는 지석이의 말 한마디에 잘못한 게 없는데도 미 안하다고 말했고 자신이 남긴 음식을 먹는 여자애라는 오명을 씌웠으 나 속수무책이었다. 오늘은 그냥 넘어가지 않을 것이다. 하지만 서윤서 같은 무법자에게 어떻게 대응해야 필요한 것을 얻어내는지 영서는 더 알고 있는 게 없었다. 이쯤에서 좌절한 채 멈추고 마는 것이 지금까지 영서가 보여 준 모습이었다.

그때 윤서가 휴대전화를 다시 영서 코앞으로 들이밀었다.

"우리는 나무입니다. 조심해 주세요. 이거 진짜 뭐냐? 그리고 내가 이 것까지는 말하지 않으려고 했는데, 너 영찬이 집에 어떤 남자랑 왔다며? 경찰 옷 입은 성인이라고 하던데 맞아? 우리는 나무입니다. 에서 우리가 그 경찰이랑 너냐?"

"무슨 말 같지도 않은 소리야?"

"아니면 뭔데?"

"그는 그냥 경찰이야. 아무 사이도 아니라고."

"그래? 이게 다 무슨 일인지 자세히 말해 주면 내가 우리 동생 세뱃돈 개평 뜯지 않고 고대로 돌려준다. 진짜야."

영서는 발버둥을 멈추었다. 그러고는 어느새 양반다리를 한 채 자기 침대에 앉아 있는 얄미운 언니를 물끄러미 올려다보았다. 불가항력에다 속수무책인 재난, 그게 바로 윤서였다. 지석이네 남매와 비교해도 확실히 달랐다. 어렸을 때는 지석이가 지민이의 음식 메뉴를 대신 선택했지만, 막내인 지민이가 중학생이 되었을 때는 그럴 수 없었다. 그 집에서만 통용되는 규칙이 적용된 탓이었다. 자기가 먹을 음식 메뉴는 자신이 선택한다. 만약 그런 규칙이 없었다거나 있더라도 유명무실했다면 지민이는 중학생이 되어서도 선택권을 가질 수 없었을 것이다. 지석이네 규칙은 약자인 지민이에게 유리한 것이었고 지민이는 그 규칙으로 보호 받을 수 있었다. 하지만 영서네 집은 막내인 영서가 다 자랐는데도 뭐든 언니 마음대로였다. 엄마 아빠가 언니에게 너무 큰 권력을 주었기 때문이다. 세뱃돈은 분명히 영서 몫의 돈인데 언니는 돌려주지 않았고, 부모는 불간섭 원칙에 막혀 개입하지 않았다. 영서가 돈을 돌려받을 수 있는 유일한 방법은 힘으로 언니를 이겨 돈을 빼앗거나 언니가 보관하고 있는 영서의 돈을 훔치는 것이었다. 미개사회도 이런 미개사회가 없었다.

"이 사디스트."

마치 어디서 날아온 공처럼 사디스트라는 단어가 생각났고, 영서는 입 밖으로 소리쳐 항의해 보았으나 엉뚱한 효과만 낳았다.

"네가 사디즘을 알아?"

그러더니 윤서는 사드 백작처럼 뻔뻔스럽게 웃었다.

"그걸 알면 너 같은 모범생이 나 같은 날라리한테 당할 리도 없겠지. 백날 공부하면 뭐 하니. 빼앗기고 무시당하고 짓밟히고 뒤통수 맞는데. 넌 네 돈을 빼앗겼는데 아무것도 못 하는 바보잖아. 머리끄덩이 잡아당길 용기조차 없는 년."

"이 나쁜 년."

영서는 머리끄덩이를 잡아당기는 심정으로 외쳤다.

"그래, 더 해 봐."

"이, 씨."

영서는 언니 방의 문을 닫고 거실로 나와 시시콜콜 일러바쳤으나 아빠는 고개를 가로저을 뿐이었다.

'이게 뭐야? 어떻게 이럴 수가 있어? 게다가 할 수 있는 최대의 욕이 겨우 나쁜 년이라니. 강도나 다름없는 사람에게 나쁜 년이라는 것은 욕이 아니라 면죄부가 아닐까.'

영서는 최종 순서처럼 자기 방으로 돌아와 문을 소리 나게 닫고 침대로 뛰어들어 울었다. 건너편 언니 방에서 호탕한 웃음소리가 들렸을 때는 이불을 덮어쓰는 것만이 영서가 취할 수 있는 현실적인 조처였다.

자정이 조금 넘어 마음을 가다듬고 책상에 앉았을 때 불현듯 사디즘이나 사디스트가 궁금해지기 시작했다. 오늘은 수학 공식이나 영어 단어보다 사디스트에 관해 알아보는 것이 더 중요한 공부일 수 있었다. "그걸 알면 너 같은 모범생이 나 같은 날라리한테 당할 리도 없겠지." 언니가 한 말도 뚜렷이 기억났다.

영서는 노트북을 켜 검색창에 사디스트를 입력했다. 사전에서는 사디스트를 '사디즘의 경향이 있는 사람'이라고 정의하고 있었다. 다시 사디스트를 검색하여 사드 백작에 대한 장황한 이야기를 읽었다. 사디즘을 '성적 경향'이라고 하는 한 지금 영서가 처한 현실과는 잘 연결되지 않았다. 하지만 블로그 글들을 읽어 보니 지금까지 알았던 사디즘과는 다른 포인트가 있었고 얼마간 알아들을 수 있었다. 특히 권력자가 약자를 착취하고 배제하기를 원하는 현상을 설명할 때 사디즘이라는 용어의 차용이 가능하다는 설명이 눈에 쏙 들어왔다. 무려 30여 분의 검색 끝에 영서는 사디스트의 극단적인 사례 중 하나인 인분 교수(교수가 제자에게 똥을 먹으라고 했다는 것으로 한 번쯤 들어본 적이 있었다)를 다룬 글을 찾았고 넋을 놓은 채 그 글에 빠져들었다.

"이 똥을 먹으면 내가 너를 믿어 줄게."

권력자인 인분 교수의 논리는 인정사정이 없었다. 상대를 인정하고 존중하지 않으면서 일방적으로 명령하며 복종을 요구한다는 점에서 서윤서의 논리와 다르지 않았다. 네가 받은 세뱃돈이지만 우리 집안에 들어온 공동 자산이나 다름이 없어. 그러니까 나랑 이등분해서 나누자. 제자에게 똥을 먹이고 동생의 세뱃돈을 가로채는 것은 사디스트 개인의 주장과 변태적 취향이라는 점에서 사디즘은 학교에서 배운 칸트의 정언명령(사회 윤리에 입각한 올바른 지침)과는 반대편에 자리하고 있었다. 그런데 그게 다가 아니었다. 그 글을 쓴 블로거는 지금은 권력자가 정언명령을 내리고 국민은 그 명령을 따르기만 하면 되는 시대가 아니라 국민 개개인이 자기가 원하는 자아상을 구축해 삶의 주인공이 되느냐 마느냐의 세상이라고 했다. 그는 앵글(기준)은 누구나 다 가지고 있는 거라고 전제한 뒤 놀라운 충고를 남겼다.

"당신 곁에서 말도 안 되는 규율을 제시하는 그 사디스트와 겨루어

이기고 싶다면 일단은 사디스트의 초대에 응하라."

    물론 덮어놓고 초대에 응하라는 이야기는 아니라고 했다. 똥을 먹으라고 한다고 남의 똥을 먹다가 죽는다면 그는 더도 덜도 아닌 바보 그 자체인 셈이다. 권투나 야구에서 투수나 타자가 유인책을 쓰듯이 속임수에 말려든 것처럼 초대에 응한 뒤 결정적인 한 방을 날릴 기회를 엿보라는 이야기였다. 영서는 말귀를 알아들었다. 앞으로 세상 어디를 가든 서윤서 같은 사디스트는 만나게 되어 있다. 아니, 정언명령이 효력을 다한 세상에는 모두가 사디스트가 되어 자신의 팔로워를 찾는다. 그런데 그를 만날 때마다 런(run)! 런(run)! 도망만 칠 것인가. 아니면 방향을 180도로 틀어 그가 유인하는 세상으로 뛰어 들어가 기꺼이 팔로워가 된 다음 한판 붙을 기회를 노릴 것인가.

    사디스트는 정의로운 정언명령 앞에서 코웃음을 치는 작자이므로 거기에만 기대면 더는 싸움이 되지 않고 이길 수도 없다. 엄마 아빠가 아니라 경찰이나 119가 와서 개입해도 돈을 받기 힘들다는 이야기였다.

    영서는 그동안 자신이 윤서 언니와 지석이의 팔로워였다는 사실을 깨달았다. 생각해 보면 지석이와 윤서 역시 영서의 팔로워였거나 팔로워가 될 수 있었다. 이를테면 누구나 자기 세상의 주인공임과 동시에 타인의 팔로워이며, 타인 역시 자기 세상의 주인공임과 동시에 남의 세상으로 들어가 그의 팔로워 역할을 한다. 영서는 여태 지석이와 윤서 언니의 손쉬운 팔로워 역할을 했으나, 그들을 자신의 세상으로 초대한 적은 없다.

영서는 침대에 드러누워 생각에 빠졌다. 다행히 언니가 요구하는 것은 영서가 주차장에 그린 그림과 영찬이 오빠네 집에 데리고 갔던 경찰에 관해 설명해 보라는 것이었다. 그 정도의 요구사항이라면 뒤통수를 맞더라도 피해를 크게 입지는 않을 것이다. 내일은 연휴 마지막 날이라 부모님은 식당으로 나가 문을 열어야 하겠지만, 영서와 윤서는 등교하지 않는다. 늦잠을 자도 상관이 없었다.

영서는 잠옷으로 갈아입고 언니 방으로 갔다.

"내가 주차장에 그린 그림을 설명하면 정말 세뱃돈을 전액 돌려줄 거야?"

"당연하지."

영서는 언니에게 간단한 계약서를 쓰자고 했다. 영어 수학이 아니라 못된 언니에게 시간을 투자하는 게 아깝기도 했지만 언제 그런 약속을 했느냐는 듯 얼마든지 배신할 수 있다고 생각하면 벌써 멀미가 났다. 윤서가 작성한 계약서 초안은 다음과 같았다.

계약서

　서영서는 서윤서에게 무지개 빌라 501호 주차장에 '우리는 나무입니다. 조심해 주세요.'라는 문구와 그림을 그린 내력을 설명한다. 또 영찬이네 집에 함께 갔던 경찰과 무슨 사이인지 솔직하게 털어놓는다. 서윤서는 그 대가로 이번 설날에 받은 세뱃돈 15만 원 전액을 서영서에게 준다.

　영서는 마지막 구절을 조금 바꾸자고 제안했다. 서윤서는 그 대가로 이번 설날에 받은 세뱃돈 15만 원 전액을 서영서에게 준다. 그것은 그 돈이 원래 서영서의 것이라는 내용이 생략되어 있어 자칫 서윤서의 돈을 서영서에게 준다는 식으로 오독될 여지가 있었다. 영서는 맨 마지막 단어 '준다'를 '돌려준다'로 바꿔야 한다고 주장했으나 윤서는 거절했다. 그 돈은 영서 개인의 것이 아니라 '우리의 것' 즉 집안의 수익이라는 말도 안 되는 이유를 반복하면서였다. 그 점이 합의되지 않자 논쟁이 일어났고 다람쥐 쳇바퀴 돌듯이 같은 이야기가 되풀이되었다. 그러다가 영서는 자신이 초대라는 말을 잘못 이해하고 있다는 사실을 깨달았다. 영서는 언니의 초대에 응하고 있지 않았다. 정언명령이 아닌 언니 개인의 악법을 받아들이는 것이 초대에 응하는 것이라면 방향을 틀어 과감히 서윤서가 주인공인 세상에 자신을 던져 넣을 필요가 있었다.

"알았어."

그렇게 하여 영서는 이야기를 시작했으나 걱정이 다 가시지는 않았다. 주차장에 그린 그림과 글씨는 아무 의미가 없었다. 이야기를 다 듣고 난 언니가 속았다고 펄펄 뛰면서 또 무슨 모략을 펼칠지 모르는 일이었다.

꽃은
한 송이면 충분해

윤서는 주차장 이야기를 다 듣고 나더니 401호와 502호를 향해 분통을 터트렸다. 자동차 한 대 없이 가난하게 사는 것이 죄도 아닌데 이렇게 모욕을 줄 수가 있느냐는 것이었다. 차라리 뒤에서 몰래 뒷담화했다면 그건 이해가 간다고 했다. 하지만 단체 채팅방에 501호가 있는 데도 마치 없는 것처럼 한마디 양해도 없이 자기들끼리 501호 주차 자리를 두고 싸움을 벌이다니, 도저히 용납이 안 된다고 했다.

"안 되겠다. 가자."

윤서는 일어나 잠옷 위에다 롱코트를 걸쳤다.

"어딜?"

"어디긴 주차장이지."

"이 밤에?"

"너는 색깔별로 유성 매직을 챙겨."

그렇게 하여 엘리베이터를 타고 주차장에 내려 501호 주차 칸 앞에 섰다.

"참 절묘한 자리지?"하고 윤서 언니가 말해서 무슨 소리냐고 되물었더니 501호 주차 칸의 위치가 그렇다고 했다.

"우리는 나무입니다. 조심해 주세요."

그것은 나무가 다치지 않도록 밟지 말라는 뜻이므로 거기에 차를 대서도 안 되고 차바퀴가 지나가서도 안 된다는 내용이었다. 그런데 만약 502호나 401호 칸에 차를 대기 위해 부득이 501호 칸을 경유해야 한다면 어떻게 해야 할까. 501호 칸은 주차 구역의 맨 가장자리, 이웃집 담벼락과 붙어 있었다. 그러므로 나무가 자라고 있어 차바퀴가 이곳에 닿지 않도록 주의해 달라는 요구는 악법이기는 해도 빌라 주민들이 인정해 주기만 한다면 큰 불편 없이 지켜질 수 있었다. 윤서가 절묘하다고 한 이유였다. 영서는 고개를 끄덕였고 자신을 향해 엄지척해 주었다. 뭔지 알 것 같았다. 우리는 나무이니 조심해 달라는 규칙을 내세움으로써 영서는 저도 모르는 사이 501호 주차 칸에 대한 주인장의 권리를 차지하게 되었다. 빌라 주민들이 그것을 존중하고 받아들이기만 하면 그들은 저도 모르는 사이 영서의 팔로워가 되는 셈이다.

'아, 이런 식으로 내 세상의 주도권을 쥐는 것이구나.'

온몸에서 소름이 돋았다.

하지만 이상하게도 '우리는 나무입니다. 조심해 주세요.'라는 문구가 신경 쓰였다. 아무래도 '우리는'이라는 단어가 잘못된 선택인 것 같았다. 세뱃돈은 영서의 것이 아니라 '우리의 것'이라고 주장하는 언니의 논리가 영서가 작성한 그 문구 속에 스며들어 있는 것 같다고 느꼈을 때는 소스라치지 않을 수 없었다. 지석이와 윤서 앞에서 자신이 주인공이 아니었던 이유를 알 것 같았다. 영서는 다른 사람이 주인공인 세상 여기저기를 떠돌아다니는 불만 많은 구경꾼일 뿐 그 세상을 바꾸어야 한다고 생각해 본 적이 없었다. 그저 갈등을 피하고 싶었고, 분란을 일으키지 않으려고 목소리를 내지 않았다. 목소리가 없는데도 그곳이 영서의 세상이 될 가능성이 있을까. 우선은 잘못된 단어부터 바로잡을 필요가 있었다. 그것이 자신의 세상을 갖는 첫걸음일 것이다. 영서는 '우리는 나무입니다. 조심해 주세요.'라는 문구를 골똘히 들여다보았고 마침내 이렇게 수정되어야 한다는 것을 알았다.

"나는 나무입니다. 조심해 주세요."

생각해 보니 어이가 없었다. 어떻게 나무 한 그루를 그려놓고 '우리는'이라고 할 수가 있었을까. 세뱃돈은 자신의 것이라고 주장하면서도 실제로는 윤서의 언어에 세뇌되어 있었다.

'이러니까 당했던 거야. 그래서 당할 수밖에 없었어.'

가슴에서 뜨거운 것이 올라왔다. 돌이켜보면 가족들의 말투 자체가 늘 이런 식이었다.

"잘해 봐, 우리 딸."

"우리 동생, 지금 어디야?"

어려서 엄마는 영서를 목욕시키면서 이렇게 말했다.

"우리 목욕하자. 우리 머리 감아야지."

영서는 윤서에게 이렇게 말했다.

"뭔가 잘못된 것 같아."

"뭐가?"

윤서에게 그 이유를 세세히 설명하고 싶지는 않았다. 거부당하거나 새로운 갈등의 씨앗이 될지도 모른다는 생각이 들었다. 적에게 모든 정보를 노출할 필요는 없었다.

또 하나 중요한 것이 있었다. 영서는 무지개 빌라 단체 채팅방에서 자신이 나오고 윤서가 들어가야 한다고 주장할 참이었으나 그 생각을 바꾸기로 했다. 나는 나무입니다. 아무것도 아닌 일 같아도 그 표현을 살리고 싶었다. '나'가 둘일 수도 없지만 내가 아니라 윤서일 이유는 더더욱 없었다.

"그림이 시원치 않은 것 같아."

"그건 그래. 고치자."

윤서는 나무에 숱을 부여해 초록색으로 메웠고 영서는 나무둥치에다 갈색을 채워 넣으면서 실수인 척 '우리는'이라는 글자를 희미하게 만들었다. '나는'이라는 글자는 나중에 혼자 나와 다시 그려 넣을 작정이었다. 그렇게 되면 그 나무는 영서의 나무가 되고 501호는 영서의 집이 되는 셈이다.

"이제 확실해진 것 같다."

"좋네."

윤서는 '우리는'이 희미해진 것을 눈치채지 못한 것 같았다. 나무가 나무처럼 보이게 된 것에 만족스러워했다. 다행이었다.

자매는 다시 집으로 올라왔다. 아빠는 방으로 자러 들어갔는지 보이지 않았고 거실에는 불도 꺼져 있었다. 영서는 윤서의 방으로 들어가 침대에 나란히 누웠는데 예상과는 달리 그 기분이 나쁘지는 않았다. 윤서가 "아이고, 우리 개똥이."라며 영서를 꼭 껴안았을 때는 마음이 턱없이 가볍고 따뜻해졌다. 이게 사랑이라면 어디 숨어 있다가 이제야 나타난 것인지 궁금했고, 며칠이라도 곁에 머물다 갔으면 좋겠다고 생각했다. 어려서는 자매간의 신체 접촉이 적지 않았다. 서투른 손으로 서로의 머리를 땋아 주면서 이유 없이 킬킬거렸고, 놀이터 모래밭에서 강아지처럼 뒹굴다가 잠이 든 날도 있었다. 언니가 엄마의 어깨에 말처럼 올라타 동생을 향해 이래라저래라 명령을 내리기 시작한 것은 영서가 초등학교 4학년이고 윤서가 6학년이 되었을 무렵이었다. 윤서는 빈손이었지만 영서의 눈에는 엄마가 손수 쥐여 준 매서운 채찍이 보였고, 거기에

맞으면 생채기가 날 것 같아 언니를 피해 다니면서 배우지 않았으면 좋았을 서러움을 알았다.

윤서가 말했다.

"이제 그 경찰 이야기를 해 봐."

"들으면 실망할 텐데."

윤서는 아니라고 했지만 이미 실망할 준비를 끝낸 것 같았다. 영서는 언니가 그렇게 생각하는 이유를 알 것 같았다. 한 몸처럼 친밀하던 자매 사이에 금이 가면서 영서는 긴 시간을 외톨이로 지냈다. 친구도 언니도 중요하지 않았고 필요한 것은 열심히 공부해 어떤 시공간을 마음대로 드나들 수 있는 자신만의 출입증을 따는 것이었다. 그 출입증은 언니나 엄마는 가질 수 없어야 더 가치 있고 안전을 보장할 것 같았다. 윤서가 영서의 그와 같은 성향을 모를 것 같지는 않았으므로 원하는 대답을 해 주는 것이 지금 영서가 할 수 있는 언니에 대한 배려였다.

"공원 앞 파출소 있지? 거기 근무하는 경찰인데 내가 가서 영찬이 오빠네 집에 같이 가달라고 부탁했던 거야. 그 밖의 사연은 없어."

"그걸 믿으라고?"

"못 믿겠으면 직접 가서 물어봐."

"으흠."

윤서는 마지못해 고개를 끄덕였으나 계속해서 미심쩍어했다. 아무리 훈훈한 명절날 아침이라고 하더라도 경찰이 그런 일에 응했을 리 없다

는 것이다. 그 경찰에 관해 더 할 이야기가 없었으므로 다른 화제로 건
너뛸 필요가 있었다. 영서는 정말 궁금했던 것을 떠올렸다. 묘리가 숨어
있던 냉장고 위를 윤서는 선착장이라고 했다. 말 돌리기에 이보다 나은
소재가 있을까.

"거기가 왜 선착장이야?"

"아, 그거."

윤서는 그냥 영찬이와 장난삼아 지었다고 말했다. 묘리가 냉장고 위
의 따뜻한 부분에 앉아 눈을 반쯤 감은 채 졸고 있는 것을 볼 때면 배를
기다리는 나그네가 떠올랐다는 것이다. 어떤 배냐고 물었더니 나그네를
어딘가로 데려다줄 배라고 했다. 묘리는 캣타워에서 놀다가도 냉장고에
서 윙, 하고 기계 돌아가는 소리가 들리면 따뜻한 그곳으로 올라가 귀를
갖다 대는 습관이 있었는데 아무래도 우리 인간이 모르는 고양이만의
세계가 있고 묘리는 그곳으로 가는 길이 열리기를 바라고 있는 것 같다
고 했다. 말도 안 되는 이야기였고 재미있지도 않았으나 언니와 영찬이
오빠의 상상력은 인정해 주어야 할 것 같았다. 영서가 그곳에 다시 갈
일은 없어도 그곳에서 묘리가 행복했으면 좋겠다는 생각이 들었다. 정
말 길이 열린다면 묘리가 어디로 어떻게 간다는 것인지는 생각하지 않
기로 했다.

"그런데 하필이면 왜 경찰이야? 친구랑 같이 갈 수도 있었잖아."

오늘따라 윤서가 집요함을 드러냈다. 영서는 자신이 생소한 구역으로

들어섰다는 느낌을 받았다. 영서의 예상대로라면 윤서는 영찬이 오빠네 집에 들어가는 것이 뭐가 무섭냐고 호통을 치면서 영서를 이상한 성격의 여자애로 만들었을 텐데 그 이야기는 쏙 빠진 상태였다. 그렇다고 엄마가 싫어하는 제복 입은 경찰에게 도움을 요청한 사실을 두고 시비를 걸지도 않았다. 친구랑 같이 갈 수도 있었을 텐데. 그것이 윤서의 표현이었다.

'나를 어디로 유인하는 거지?'

의심스럽기는 했으나 일단은 따라가 보는 수밖에 없었다. 윤서가 안내하는 장소 깊숙한 곳으로 들어가 보면 언니의 의도가 드러나지 않을까.

"김민지한테 전화했지만 거절당했어. 가족들과 남산이며 경복궁을 돌아다니는 중이라고 하더라."

"다른 친구도 있잖아."

"누구?"

"스터디 카페에 같이 다니는 손경은도 있고."

"아, 연락 안 했어. 걔는 은근히 까다로워. 뭐든 분명하고. 그런 일에 동원하면 화를 낼 게 분명해."

"아님 남자 친구도 있을 거잖아."

"엥?"

순간 영서는 윤서를 돌아보았다. 남자 친구를 빌미로 협상할 생각인

가. 그러니까 세뱃돈 못 돌려주겠다는 것이 결론이고? 영서는 고개를 갸웃거렸다. 부모에게 일러바친다고 하더라도 겁날 것이 없었다. 윤서는 중3 때부터 영찬이 오빠와 각별하게 지냈지만 아무도 문제 삼은 적이 없었다. 오히려 엄마 아빠는 영서 너에게 남자 친구라니, 그 애는 정신이 온전한 애니? 라면서 비웃을는지 모른다. 어쨌거나 대답해야 했다. 우선은 잡아떼는 게 가장 나은 방법 같았다.

"내 주제에 무슨 남자 친구?"

"있잖아. 다 알아."

"없다니까."

"있어. 그리고 너 이번 연휴 기간에 그 애랑 싸웠지? 엄마가 해놓고 간 음식들 손도 안 댔다고 하면서 엄마가 걱정이 많더라. 얼굴은 반쪽이 되었고. 너 시험 기간에도 얼굴이 이 정도로 축나지는 않는데, 도대체 무슨 일이니?"

그러면서 두 손으로 영서의 얼굴을 감싸 쥐는 것이었다. 놓으라며 윤서의 손을 뿌리쳤지만 당황스러웠다. 지금까지 남자 친구는 고사하고 아무리 곤란스러운 일이 닥쳐도 언니나 부모님과 상의해 본 적은 없었다. 학원은 일찌감치 포기했고 진로 문제는 학교 담임이나 상담 교사의 조언만으로 충분했다. 그런데 얼굴이 축났다고 하면서 새삼 마음을 털어놓으라고 하다니.

윤서의 도발은 멈추지 않았다.

"왜 싸웠는지, 무슨 일이 있었는지 말해 봐. 응?"

"아, 무슨 일이 있었겠어!"

그렇게 말하는 순간 하마터면 윤서의 술책에 넘어가 다 털어놓을 뻔했다. 그래서는 안 되는 문제는 아니지만, 조심스럽게 접근하지 않으면 언제 일격을 당할지 모를 일이었다. 윤서의 의도를 파악하는 게 무엇보다 중요했다.

"그저 그런 문제야. 언니한테 할 만한 이야기도 아니고."

그러자 윤서가 잽싸게 영서의 말꼬리를 낚아챘다.

"있기는 있구나. 맞지?"

"아니야."

윤서가 불같이 화를 낸 것은 그때였다.

"야, 서영서! 도대체 너는 나를 뭐라고 생각하는 거니? 나는 너의 언니이고 저기 저 방에 있는 분들은 우리 부모님들이야. 그런데 넌 왜 우리에게 의지하지 않는 거야? 넌 우리를 가족이라고 생각하기는 하는 거니?"

"뭐래!"

"남만도 못한 년."

윤서는 침대에서 몸을 일으켜 책상다리로 앉더니 흥분하기 시작했다. 언니의 말은 놀라움 이상으로 충격적이었다.

"난 세상에서 뭐가 제일 부러운지 아니? 살가운 성격의 동생을 가진 친구들이야. 내 친구들 동생은 학교에서 일어나는 시시콜콜한 것들까지 다 언니와 공유하고 상의한다고. 내 친구들과 밥을 먹거나 커피를 마시면서 수다 떠는 내용이 다 그딴 것들인데, 난 그때마다 할 말이 없어 입 다물고 있단 말이야. 마치 동생이 없는 사람처럼. 가끔은 친구들이 물어봐. '네 동생은 어때? 너한테 연애 상담도 하고 공부하다가 모르는 것이 있으면 가르쳐달라고 하니?' 그럼 나는 죄지은 사람처럼 고개를 숙이고 있다가 화장실 같은 곳으로 가서 남몰래 울어. 상전 같은 동생이 있다는 말은 죽어도 하기 싫으니까. 그때마다 차라리 동생이 없었으면 이렇게 마음이 불편하지는 않았을 텐데, 생각해. 이런 내 마음을 네가 알아?"

영서는 듣고만 있지 않았다. 어느새 몸을 일으키고 마주 앉아 언니를 향해 말 폭탄을 쏟아놓았다.

"김민지나 손경은의 언니들은 어떤지 알아?"

주로 그런 내용이었는데 과장이나 왜곡이 없지는 않았다. 이를테면 김민지가 언니 옷을 입었다가 들킨다면 머리끄덩이를 잡히고 얼굴을 꼬집힐 것이다. 손경은은 언니는 없고 오빠가 하나 있는데 어찌나 차갑고 딱딱한지 동생과 말을 섞지 않은 지 5년이 넘었다고 한다. 중요한 것은 김민지나 손경은의 언니와 오빠는 그 애들이 먼저 말썽 피우지 않는다면 절대 건드리지 않는다는 사실이다. 동생의 세뱃돈을 가로채는 언니 이야기를 영서는 어디서도 들은 바가 없었다. 그러다가 어느 순간 이야기가 다른 방향으로 흘러갔다. 윤서가 영서를 향해 너는 작은아빠를 닮아도 너무 닮았다고 쏘아붙였기 때문이다. 그뿐이 아니었다.

"너도 언젠가는 작은아빠처럼 우리 가족을 배신하고 너만 살겠다며 멀리 떠나버리겠지? 왜냐하면 넌 공부를 잘하니까. 나하고는 다르니까."

"도대체 뭐라는 거야. 내가 어딜 간다는 건데?"

"우리가 찾아갈 수 없는 곳."

"그, 그런 곳이 어딘데?"

"어디긴 출입증이 없어서 너를 만나러 가고 싶어도 들어갈 수 없는 곳이겠지. 너는 그런 곳을 늘 염두에 두면서 살잖아."

영서는 갑자기 말문이 막혔다. 그리고 화가 끓어올랐다. 출입증은 영서의 일기장에 단골로 등장하는 단어였다. 가족이 있어서 더 외로운 날, 싱숭생숭한 마음을 다잡기 위해서는 출입증이라는 단어의 마법이 필요했고, 영서는 그 단어를 잘게 부수어 가루약처럼 물에 타 마신 뒤에야 안정을 취할 수 있었다. 그러면 트림이 나면서 속이 시원하게 뚫리고 마음의 고속도로에는 차가 쌩쌩 달렸다.

"언니, 내 일기장 훔쳐봤어?"

"무, 무슨 소리니?"

"이젠 하다 하다 그런 짓까지 하는 거야?"

윤서는 아니라고 우겼으나 영서는 확신할 수 있었다. 출입증 같은 것은 언니의 사전에는 존재하지 않을 단어였다. 어쩌면 영서가 잠이 든 사이 방으로 몰래 들어와 어제와 오늘의 일기를 읽었을 수도 있었다. 그게 아니라면 동생에게 관심도 없는 언니가 왜 갑자기 남자 친구 운운하기 시작했을까.

"훔쳐본 거 맞잖아."

영서는 언니에게 뛰어들어 얼굴을 할퀴었으나 피해도 적지 않았다. 윤서는 영서보다 키도 컸고 몸집도 있었으며 무엇보다 깡다구가 남달랐다. 특히 언니에게 오른쪽 귀를 깨물렸을 때는 비명을 지르며 침대 밑으로 떨어져 후퇴하는 수밖에 없었다. 영서의 눈에서 눈물이 주르르 흘러내렸다. 그리고 다시 한번 결심하게 되었다. 대학생이 되고 스스로 용돈을 책임지는 순간이 오면 집을 떠나버리겠다고. 언니가 따라올 수 없는 곳으로 들어가 문을 닫아버리겠다고.

마침내 윤서가 털어놓았다.

"그래, 일기장 훔쳐봤다. 그건 사실이야."

맙소사. '그건 미안해.'라고 말하는 게 아니라 '그건 사실이야.'라고 하다니.

'어쩜 지석이와 이토록 같을 수가 있지?'

영서는 더 받아칠 기운이 없어 입만 딱 벌렸다.

"처음에는 훔쳐볼 생각이 없었어. 네가 일기를 쓰다가 잠든 날 엄마는 너를 침대로 데려가 눕히고 나는 네가 쓰다만 일기장을 덮다가 우연히 내용을 보게 된 거야. 그걸 같이 읽으면서 엄마와 내가 얼마나 울었는지 아니? 출입증이라니, 새파랗게 어린년이 어떻게 출입증이 어쩌고 하면서 가족을 따돌릴 생각부터 하는 거니? 이 작은아빠와 똑같은 년! 아니, 작은아빠보다 더 나쁜 년!"

영서는 소리 내어 울었다. 언니가 자신을 모함한다고 느꼈고 억울해서 미칠 것 같았지만 일기장에 숨겨놓은 출입증을 들키고 말았다는 사실 앞에서는 망연자실해지고 말았다. 엄마가 영서의 일기장을 직접 읽었다면 얼마나 속이 상했을까. 아무리 속마음이라지만 그런 다짐을 하는 것은 옳지 않았던 것 같다. 윤서는 이런 말도 했다.

"아까 네가 잠든 사이 일기장을 본 건 순전히 네가 걱정되었기 때문이야. 무슨 일이 있었기에 애 얼굴이 반쪽이 된 건지 엄마의 걱정이 대단했거든. 그런데 알고 봤더니, 좀 어이없더라. 다행이라는 생각은 안 들었어. 넌 어떻게 가족을 두고 그런 애한테 의지할 수가 있는 거야? 그런 쓰레기 같은 새끼가 너한테 진심으로 사랑한다고 말했을 것 같니?"

그러면서 언니는 난데없이 꽃은 한 송이면 충분하므로 이제는 자존심과 존엄성을 되찾아야 할 때라고 했다. 또 남자애를 다루는 문제라면 자신이 영서보다 한 수 위이므로 기꺼이 전수할 테니 배우고 익히라는 충고도 잔뜩 늘어놓았다. 영서는 놀라지는 않았으나 마음이 무거웠다. 자신이 무슨 소리를 일기장에 기록해 놓았는지 다 기억하지는 못한다고 생각하면 모골이 송연했다. 그리고 영서는 언니가 상전 같은 동생 때문에 친구들 앞에서 기가 죽었었다는 말이 새빨간 거짓말이라는 것도 확신할 수 있었다. 사실은 그 반대일 가능성이 컸다. 언니는 일기장으로 확인한 영서의 성장 과정을 친구들 앞에서 얼마나 잘난 척 떠벌였을까. 입만 열면 거짓말인 것은 지석이와 닮아도 너무 닮은 꼴이었다.

그때 아빠가 방문을 두드리는 소리가 들렸다.

"얘들아, 그만 자야지."

"네, 아빠."

영서는 정신이 번쩍 들어 얼른 대답하면서 눈물을 훔쳤다. 다행히 아빠는 방문을 열어보지 않은 채 안방으로 돌아갔다. 아빠의 목소리만으로도 순식간에 죄책감이 밀려드는 느낌이었다. 저렇게 착하고 좋은 보호자를 두고 내가 지금까지 무슨 상상에 사로잡혀 있었던 거야? 영서는 쫓기듯 언니에게 마음을 털어놓았다.

"미안해. 내가 잘못했어."

"그래, 이제야 내 동생이네."

윤서가 와락 끌어안았을 때 영서는 뭉클한 감동에 휩싸였다. 온몸에서 긴장이 빠져나가면서 그동안 언니 없이 보냈던 시간이 서러움으로 복받쳤다. 어쩌면 영서 역시 언니에게 진심으로 의지하고 싶었는지도 모른다는 생각이 들 즈음, 윤서가 영서의 급소를 지그시 누르고 들어왔다.

"이제 세뱃돈 안 줘도 되지?"

여기까지

다음 날. 아침에 눈을 떴을 때 영서는 습관처럼 지난밤에 있었던 일을 돌아보았고 뒷맛이 개운치 않다는 것을 느꼈다. 가장 마음에 걸리는 것은 지석이에게 그랬던 것처럼 잘못이 없는데도 윤서에게 사과하며 빌었다는 것이다.

"이 바보!"

자기 머리를 쥐어박았지만 그렇다고 해서 바보를 면할 수 있는 것은 아니었다. 윤서에게 의지했고 앞으로도 의지할 수 있게 된 것은 잘된 일이었다. 하지만 윤서가 노리는 것이 영서가 자신을 믿고 신뢰하도록 한 것에서 그칠 것 같지 않았다. 그보다는 사과를 받아내는 것을 통해 그동안 있었던 일들에 대한 책임을 덮어씌우면서 더 큰 이익을 취하려는 것일 수도 있었다. 호기롭게 초대에 응했지만 보기 좋게 당했고 그런 점에서 영서는 지난밤 윤서에게 커다란 만족감을 안겼다.

그렇지만 물이 완전히 엎질러진 것은 아니었다. 윤서와의 게임을 어떠한 상황에서도 미안하다며 사과하지 않는 것으로 이해해야 했으나, 영서는 언니의 얕은수에 말려들어 감정의 균형을 잃고 말았다. 다행히 기회는 남아 있었다. 출입증에 대한 꿈으로 가족들을 따돌린 것은 잘못이지만 영서는 그것을 가족들 앞에서 표현한 적이 없었다. 일기는 마음속 생각일 뿐이다. 가족이라고 해서 기분이나 생각까지 억압한다는 것은 말이 안 된다. 그것을 들키고 말았으니 민망한 것은 사실이지만 언니와의 문제에서 핵심은 따로 있었다. 영서는 세뱃돈은 안 돌려줘도 되지, 라고 하는 윤서에게 정확한 답변을 하지 않았다. 미안하다며 질질짜다가 자신의 방으로 건너와 잠들고 말았다.

남은 방법은 하나다. 이에는 이, 눈에는 눈이었다.

"언니."

건너편 방문을 열어보았더니 윤서는 잠들어 있었다. 입을 절반쯤 벌린 채 완전히 무방비 상태였다. 거실과 안방을 둘러보며 부모님의 동태를 살폈더니 역시 보이지 않았고, 식탁에는 아침 식사가 차려져 있었다.

영서는 살금살금 방으로 들어가 윤서가 목숨보다 더 소중히 여기는 물건 두 가지를 챙겨 나와 베란다에 숨겼다. 하나는 영찬이 오빠가 선물한 플랩 백이고 다른 하나는 언니가 어렵게 모은 돈으로 장만한 스카프였다. 윤서는 여름철이면 블랙 계열의 중저가 원피스를 입고 목에는 그 스카프를 맨 뒤 데이트를 나가 미술관이며 영화관을 돌아다니곤 했는데 영서가 보기에도 눈이 부실 정도로 화려하고 품위가 있었다. 스카프 덕에 원피스는 물론 윤서까지 명품으로 보였다. 명품 스카프라고 치고 인터넷을 검색했을 때 화면에는 윤서의 것과 똑같은 스카프가 떴다. 제품명에는 '얼티미트 모노그램 방도'라고 적혀 있었다.

영서는 스터디 카페로 나갈 채비를 마친 뒤 천천히 아침밥을 먹었다. 밥과 반찬을 입안에 넣어 같이 씹지 않고 따로따로 넣어 오래 씹었으며 밥이면 밥, 반찬이면 반찬이 가진 고유한 재료의 맛을 음미하며 기억하려고 애썼다. 마지막으로 화장실에서 소변을 본 뒤 물을 내리지 않고 그대로 둔 뒤 방으로 들어가 윤서를 깨웠다.

"언니, 벌써 10시야. 일어나."

사지를 제각기 꾸물거리며 게으름을 피우던 윤서는 한참 뒤에야 눈곱 낀 눈을 게슴츠레 뜨고 영서를 올려다보았다. 그러더니 반쯤 잠이 깬 목소리로 버럭 짜증을 냈다.

"더 자도 되는데 왜 난리야."

"내가 나가야 해서 그래."

"나가면 되지. 누가 잡았어?"

"내 세뱃돈 돌려줘야지. 그러기로 약속했잖아."

"또 그 소리니?"

윤서는 화를 내며 이불을 끌어당겨 얼굴에 덮어썼다. 영서는 이불 위로 점프할까, 하다가 호흡을 가다듬으며 참았다.

"여기 계약서도 있어. 언니가 나더러 주차장 그림과 영찬이 오빠네 집에 같이 갔던 경찰 이야기를 해 주면 돈을 돌려주겠다고 했잖아(정말 너무 허술하고 수준 낮은 계약서였다). 여기 마지막 구절을 봐. 서윤서는 그 대가로 이번 설날에 받은 세뱃돈 15만 원 전액을 서영서에게 준다고 되어 있어."

"그게 뭐?"

언니가 이불 속에서 강아지처럼 꿍얼거렸다. 말하다 보니 언니의 계략이 무엇이었는지 훤히 짚였다. 주차장 그림과 경찰관 이야기를 하다 보면 자연스럽게 영서의 일기장 내용으로 이어질 수밖에 없었고, 그 일기장 안에는 영서의 약점이 수두룩하게 적혀 있었다. 윤서의 초대에 응함으로써 영서는 제 발로 호랑이 굴을 찾아든 셈이지만 후회할 일은 아니었다. 아직 승부는 나지 않았고 얼마든지 뒤집을 기회가 있었다. 필요한 것은 굽히지 않는 뒷심, 문과 모범생의 기개였다.

영서는 다시 한번 용건을 환기했다.

"나 빨리 나가서 공부해야 해. 얼른."

윤서는 이불을 걷으며 "얘, 얘!"라고 호통을 치더니 양손을 흔들어대며 벽을 향해 돌아누웠다. 그러고는 꿈꾸는 목소리로 "넌 나쁜 년이야."라고 소리쳤다. 그뿐이 아니었다. "공부한답시고 할머니 집에도 안 내려가 놓고 쓰레기 같은 남자 친구나 만난 주제에……."하더니 잠시 말이 끊겼다. 언니가 졸고 있다는 것을 알 수 있었다. 영서가 몸을 흔들자 다시 횡설수설이 이어졌다.

"엄마가 해놓은 정성스러운 음식은 하나도 안 처먹고 그 새끼가 남긴 음식이나 처먹고……. 그런 사실을 엄마가 알면 얼마나 속이 터지겠어. 엄마 속 터지는 거 보기 싫으면 얼른 나가서 공부나 해."

한 마디로 세뱃돈은 못 주겠다는 것이었다. 영서가 예상한 것에서 한 치도 어긋나지 않았다. 여기서 포기하고 다음을 기약하자는 생각은 조금도 들지 않았다. 이번 연휴 지석이와 겪었던 몇 가지 문제를 떠올려 봐도 계속 이렇게 살아서는 안 될 것 같았다. 만두를 영서 몫까지 먹어 치우고도 지석이는 미안하다고 하기는커녕 네가 나를 건드렸다고 하면서 사과를 요구했다. 친구들 앞에서는 영서를 줄기차게 깎아내렸고 모의고사 성적이 안 나오는 영서를 깔보면서 기를 죽였다. 이번에는 자신이 남긴 음식을 먹는 여자애라는 거짓말까지 하지 않았나. 아마 SNS 차단을 풀고 대화를 재개한다면 지석이는 영서를 생각해 주는 척하면서 다시 사과를 요구할 것이고, 떠밀려서 사과하고 나면 책임을 전가한 뒤 자기만족을 꾀할 것이다.

다시는 함부로 사과하는 여자애가 되지 않을 것이다. 그러자면 윤서와의 문제를 잘 매듭지을 필요가 있었다. 영서의 낮은 자존감이 어디서 기인했는지는 분명하다. 집에서 잘못된 습관을 들였으므로 해결의 출발점도 집일 수밖에 없었다. 최소한 윤서가 자신을 대하는 태도를 바꾸도록 하는 것, 그것이 영서의 오늘 목표였다. 오늘은 잘못된 습관을 바로잡는 날이 될 것이다. 영서는 다시 한번 결심을 굳혔다.

"내가 이럴 줄 알았어. 언니는 정말 변함없는 캐릭터라니까."

영서는 베란다로 뛰어나가 스카프와 플랩 백을 들고 언니의 방문 앞으로 돌아왔다.

"그 돈 돌려주지 않으면 영찬이 오빠가 사준 이 가방과 스카프를 우리 집 변기통에 처넣을 거야. 변기통 안에는 지금 오물이 가득하거든."

영서는 그 길로 화장실에 들어가 윤서를 기다렸다. 잠시 뒤 비틀거리며 화장실로 들어오는 윤서에게 영서는 멈추라고 소리쳤다.

"멈춰. 거기 서."

아니면 스카프부터 변기통 오물로 적실 거라고 하자 윤서가 화장실 문턱에서 걸음을 멈추었다. 윤서는 꿈인지 생시인지 헷갈리는 표정이었다. 자꾸만 눈을 깜빡였고 "너, 영서 아냐?"라며 헛소리까지 하는 것이었다. 영서는 어젯밤 계약서와 세뱃돈에 대해 다시 환기하면서 스카프를 눈앞에 대고 흔들었다.

"선택해. 내 세뱃돈을 돌려주든지, 아니면 이 가방과 스카프를 포기하든지. 이 스카프가 뭐라더라. 얼티미트 모노그램 방도라고? 언니는 툭하면 나한테 말했지. 너는 나 아니면 안 된다고. 내가 이제 진실을 말해 줄게. 언니는 이 스카프 아니면 아무것도 아니야, 알아? 그러니 제대로 선택해."

"야, 너 미쳤니?"

드디어 언니가 잠에서 깨어난 것 같았다. 쌍꺼풀이 짝짝이가 된 눈을
휘둥그레 뜨고 비명을 질렀을 때 오늘 아침 처음으로 초점이 맞는 느낌
이었다. 영서는 물러서지 않았다.

"그래, 나 미쳤어. 미친년을 상대하려면 같이 미쳐야 한다는 것을 알
았거든."

영서에게는 이미 정해 놓은 순서가 있었다. 가격이 세뱃돈의 두 배는
됨직한 스카프를 겨냥하되 일찌감치 플랩 백을 먼저 빠트려야 실속을
차릴 수 있었다. 거기에는 얼마간의 요령이 필요했다. 가방을 거꾸로 처
박는 게 아니라 손잡이가 위로 올라가게 해야 피해를 최소화할 수 있었
다. 플랩 백 바깥에는 오물이 닿아도 씻으면 되지만 그 반대는 속수무
책일 테니까. 윤서는 영서가 가방이나 스카프를 변기 안에 진짜 빠트릴
거라고는 믿지 않을 것이기에 치밀한 전략이 필수였다. 어정쩡한 자세
로 협박만 하려 한다면 소동이 길어진 틈을 타 윤서가 또 무슨 수를 쓸
지 모를 일이었다. 그러니 윤서의 예상부터 깨고 들어갈 필요가 있었다.
윤서가 변기 안에 빠진 플랩 백을 어떻게 할지는 알 바 아니었다. 씻어
서 다시 사용하든 쓰레기통에 버리든 영서는 돈 받는 데만 집중할 것이
다. 윤서에게 무시당하고 사는 것은 오늘, 여기까지다. 영서는 남이 다시
는 자신의 것을 함부로 가로채지 못하게 할 생각이었다.

다급해진 윤서가 삿대질하면서 악을 썼다.

"넌 절대로 내 물건을 변기에 버리지 않아. 그랬다가는 너 죽고 나 죽는 거 알지?"

"그러니까 내 세뱃돈 돌려달라고. 세상에 어떤 언니가 고3 동생 세뱃돈을 빼앗아. 그런 언니가 있다는 이야기를 들어는 봤어?"

"아니야. 이건 꿈이야. 악몽이라고."

"그래? 어디 정말 그런지 볼까?"

영서는 결국 윤서의 플랩 백을 변기 안으로 던졌다. 예상과는 달리 가방은 변기 안에 쏙 들어가지 않고 가로로 걸쳐진 채 기우뚱거렸다. 하지만 그래도 변기 안이었다. 오물에 빠지지 않았다고 해서 더럽지 않다고는 말할 수 없었다. 사실은 딱 그만큼이 자신이 원했던 정도였으므로 영서는 무척 홀가분했고 만족스러웠다. 윤서가 달려들려고 하자 이번에는 스카프의 끄트머리를 적실 듯 말 듯 변기 아래로 늘어뜨렸다.

윤서가 울면서 양손을 휘저어댔다.

"알았어. 줄게. 준다고. 그러니까 하지 마. 제발 내 아이들한테 나쁜 짓하지 마."

영서는 스카프의 끝자락을 다시 위로 끌어올렸다. 사실은 가장 신중해야 할 타이밍이었다. 지금껏 거기까지 가 보지 않았던 것은 아니었으나, 언제나 뒷심 부족으로 물러났고 처참하게 패배했다. 여기서 멈추고 엄마까지 가세한다면 영서는 더욱 불리한 지경에 빠질 것이다. 영서는 스카프를 그대로 흔들면서 다른 손을 윤서 앞으로 내밀었다.

"당장 줘."

"지금은 안 돼."

"왜?"

"그 돈, 내가 다 썼거든."

"뭐 했는데?"

"옷 샀지."

"새 옷? 안 보이던데?"

"기장 때문에 수선 맡겼어."

"어디에?"

"백화점 수선실에."

"와. 언니 진짜 대단하다. 졌다. 졌어."

"곧 개학인데 입을 옷이 하나도 없단 말이야. 네가 이해해 줘야지."

"그래? 그럼 나도 스카프 변기에 처넣고 그 돈 깨끗이 잊을 거야. 됐지?"

"아니지. 그건 아니지."

"내가 그 돈 안 받고 만다니까."

"아니야. 줄게. 기다려."

그렇게 해서 영서는 그 자리에서 돈을 받아냈으나, 입금자는 서윤서가 아니라 박영찬이었다. 언니가 영찬이 오빠더러 영서의 온라인 통장으로 15만 원을 당장 송금해 달라고 부탁했기 때문이다. 입금자가 언니가 아니라는 사실에 마음이 가볍지는 않았고 영찬이 오빠가 불쌍하다는 생각을 지울 수 없었지만 거기까지였다. 더는 상관하고 싶지 않았고 죄책감을 느끼고 싶지도 않았다. 영서가 지석이의 밥이었듯이 영찬이 오빠는 윤서 언니의 한 입 밥으로 살고 있지만 거기서 빠져나오는 것은 자기 자신만이 할 수 있는 일이다. 영서는 영찬이 오빠도 언젠가는 그 터널에서 빠져나왔으면 좋겠다고 생각하면서 스터디 카페로 가기 위해 집을 나섰다.

나는
내가 키워

영서가 학교 급식실에서 지석이를 만난 것은 3월 말이었다. 어쩌다가 우연히 마주친 것은 아니고 영서가 지석이네 학급 급식 순서를 알아내 그 앞에서 기다린 결과였다. 3학년이 되면서 문과는 반이 새롭게 편성된 참이라 모든 것이 어수선했으나 지석이네는 달랐다. 전체적인 분위기가 차분했고, 몇몇 아이들이 조용조용 움직이며 다 비운 식판을 퇴식구로 나르는 모습이 인상적이었다. 남자아이들보다 여자아이들이 많다는 것도 새삼스러운 사실로 다가왔다. 영서는 식사를 끝낸 지석이가 살균 건조기에서 물컵을 꺼내고 있는 것을 보고 다가가 말을 걸었다.

"지석아."

"어. 오랜만이다."

"그러게. 밥 다 먹었으면 저쪽으로 가서 이야기 좀 할래?"

"그, 그래."

지석이가 말을 더듬는 것을 영서는 재미있어하면서 뒷산을 향해 앞장서 걸어갔다. 지금까지 1년을 만나면서 영서가 데이트를 주도한 적은 한 번도 없었다. 급식실로 와. 매점에서 보자. 학교 뒷산에 꽃이 피었더라. 맥문동밭으로 뛰어와. 빨리 오지 않으면 아이스크림이 녹아서 다 흘러내릴 거야. 생각해 보면 영서가 나서 그런 제안을 할 수도 있었던 게 아니라 그런 마음이 들지 않았던 것에 가까웠다. 영서는 그냥 지석이가 자신의 남자 친구라는 사실 그 자체가 만족스러웠는지도 모른다. 누군가 자신을 향해 있다는 것. 조금 떨어진 거리에서 지켜보고 있다는 것. 그런 점에서 보면 아이스크림이 녹아내릴지 모르니까 빨리 맥문동밭으로 뛰어와야 한다는 메시지는 아름답고 감동적이었다.

하지만 지석이의 부름에 응하기 위해 그곳으로 달려가는 일이 항상 순조롭지는 않았다. 아무리 점심시간이고 휴식 시간이라고 하더라도 문과와 이과는 호흡이 달랐고 타이밍이 맞지 않을 때가 있었다. 영서가 진땀을 흘리면서도 지석이의 호출에 응하기 위해 교실을 나섰을 때 친구들이 짓던 부러운 표정도 중요했었다는 것이 기억났다. 영서의 모자란 자존심은 늘 그런 식으로 보충되었다. 하지만 그것이 기쁨의 전부였다는 사실은 또 다른 슬픔이었다. 정작 지석이를 만나면 묘하게 꼬집히는 느낌을 받았고, 다시 교실로 돌아갈 때는 고개가 저절로 꺾이고 등짝이

뻐근하게 저렸다. 그때는 몰랐는데 이제는 알게 되었다. 결과론에 치우친 뒤늦은 탄식인지 몰라도 영서는 자신이 지석이의 모든 것을 좋아하는 것은 아니라는 사실을 알게 되었고, SNS 차단을 풀어 다시 만날 필요를 느끼지 못했다. 하지만 일주일 전 영서는 지석이에 대한 차단을 풀었고 만날 기회를 엿보고 있었다. 강남 갔던 제비가 소식을 물어왔는데 그것은 봄소식이 아니라 태풍경보에 가까웠다.

어느 날, 손경은이 말했다.

"아무래도 안 되겠다."

그러면서 털어놓은 이야기는 경악스러웠다. 지석이가 영서와 관련된 소문을 퍼트리고 다니는데 그것이 영서네 학교 담장을 넘어 손경은네 학교까지 퍼졌다는 것이다. 만약 그 소식을 전한 당사자가 손경은이 아니라 김민지였다면 의심부터 했을지 모른다. 김민지 얘, 또 무슨 수작인 거지, 라면서.

손경은은 타인에 대한 관심이 많지 않았고, 영서와도 필요한 말만 주고받는 사이였다. 목숨 바쳐 영서를 위하는 아이는 아니지만, 영서가 억울하게 모함당하는 것을 그냥 두고 보는 친구는 아니었기에 귀담아들을 수밖에 없었다.

영서는 파고들었다.

"어떤 소문인데?"

처음에는 소문의 내용까지는 알 필요가 없다며 잘랐다. 그냥 지석이에게 헛소리하고 다니지 말라며 경고만 보내라는 게 손경은의 조언이었다. 하지만 내용을 알아야 경고를 보낼 거 아니냐는 집요한 설득에 손경은이 소문의 진상을 털어놓았다. 새삼스러운 내용은 아니었다. 영서와의 사이에 있었던 일을 교묘하게 왜곡하고 편집한 것에 가까웠다. 이를테면 영서가 그나마 성적을 유지할 수 있었던 것은 지석이 저의 공이라는 것이었다. 또 지석이가 영서를 사귄 것은 학원도 안 다니는 애가 성적이 괜찮아서인데 사귀어 보니 학원 안 다니는 애는 역시 한계가 있더라는 것이다.

"나는 내가 키워."

영서는 걱정스러운 눈으로 바라보는 손경은에게 그렇게 말했으나, 한편으로는 창피하고 속이 상했다. 어려운 수학 문제 푸는 법을 물어보지 말아야 했나 싶을 때는 그건 아니라는 결론이 나왔다. 친구 사이에 얼마든지 있을 수 있는 일을 과장하고 부풀린 것은 지석이일 뿐 영서의 잘못은 아니었다.

뒷산에 도착하자 영서는 맥문동밭이 내려다보이는 언덕 벤치를 가리켰다.

"여기가 좋겠다."

"그래."

지석이를 돌아보니 표정이 아리송했다. 영서는 그곳이 둘 사이의 추억이 가득한 맥문동밭이어서 그럴 것이라고 짐작했다.

'영서는 화해를 원하는 것일까, 아니면 문자로 이별을 선언했으니 한 번쯤은 만나서 매듭지어야 한다는 뜻일까.'

지석이가 그런 생각을 하리라는 것을 영서는 충분히 상상할 수 있었다. 맥문동은 아직 꽃을 피우지 않았다. 꽃말이 '겸손'과 '인내'이듯이 오래 기다려야만 개화가 가능한 것이 맥문동이다. 영서는 맥문동이 올여름에도 화려하게 꽃을 피우기를 바라지만, 지석이와 함께 맥문동밭을 지켜볼 생각이 없었다.

벤치에 앉고 나서 약간의 침묵이 흐르는 사이 숲에서 날아온 새 한 마리가 가까운 소나무 가지에 걸터앉아 살랑거리는 시선으로 두 사람을 엿보았다. 겨드랑이에 밤색 얼룩이 있는 것으로 보아 동고비가 틀림없었다. 언젠가 지석이와 동고비에 관해 대화를 나눈 적이 있었다. 대한민국의 텃새지만 멸종위기종이라는 사실을 알려 준 것은 지석이었다.

"딱따구리는 나무를 위로만 탈 수 있지만, 동고비는 모든 방향으로 가능해. 발가락이 앞에 3개, 뒤에 1개가 있는 삼전지족(三前趾足)이거든."

삼전지족. 영서는 그 네 글자를 입으로 오물거리며 주변을 둘러보았다. 부정적인 소문을 확산시키고 있는 지석이에게 따끔한 말 한마디를 해 주겠다며 그곳으로 나온 참인데 삼전지족에 얽힌 기억이 영서의 얼어붙은 마음을 풀어 주고 있었다. 돌이켜보니 지석이에게 피해만 본 게 아니라 배운 것도 많았다. 게다가 언덕 저쪽까지 펼쳐진 맥문동밭은 또 얼마나 많은 이야기를 품고 있는가.

'너 이러다가 또 사과하는 거 아니야?'

누군가의 목소리가 들렸지만 불안하기보다 마음이 차분히 가라앉았다. 지석이와 이별한다고 해서 학교 뒷동산과 숲의 냄새, 꽃대끼리 부딪쳐 사각거리는 소리, 움직이는 새들이 만드는 온갖 삼각 도형에 대한 추억까지 초기화하고 싶지는 않았다. 마음속을 아무것도 없는 불모지이기보다는 오래된 기억들이 풍부하게 넘쳐흐르는 공간으로 남겨뒀으면 했다.

윤서 언니의 가방과 스카프를 변기에 빠트린다고 협박했듯이 지석이와의 문제를 풀어서는 안 될 것 같았다. 지석이가 영서의 성적을 관리했다는 것은 과장이라고 치더라도 영서가 지석이의 도움을 받은 것은 사실이었다. 지석이를 통해 허영심을 채울 때는 좋아하다가 이제 와서 피해자인 양 행세하는 게 썩 내키지는 않았다. 기억을 없앤다고 사실마저 사라지는 것은 아니므로 도움을 받은 만큼은 고맙다고 말하는 사람이 되고 싶었다.

"지석아."

"어."

"우선 너한테 고맙다고 말하고 싶어. 너는 네가 알고 있는 지식과 학습 내용을 기꺼이 나와 공유해 주었지. 어려운 수학 문제 물어볼 때도 아낌없이 시간을 내 설명해 줬잖아. 지금 돌아보니 참 고마운 일이었는데 고맙다는 말을 제대로 했는지는 기억이 나지 않아. 그게 다가 아니었지. 밤에 자다가 전화를 걸어 서로를 깨워 주고 졸지 말고 공부하라고 격려해 주고……. 나는 너에게 도움을 많이 받았어. 그건 누가 뭐래도 부인할 수 없을 것 같아."

그때 지석이가 코를 훌쩍이는 소리가 들렸다. 눈물이 흘러내리지는 않았으나 감정이 격해진 것 같았다. 잠시 뒤 지석이가 이렇게 말했다.

"영서야, 우리 다시 만나면 안 될까? 내가 앞으로는 잘할게."

영서는 물끄러미 지석이를 쳐다보았고 잠시 뒤에는 입꼬리를 치켜올리며 소리 내어 웃고 말았다. 알고 보면 너무 뻔한 아이였다. 끝까지 미안하다고 말하지 않는 지석이가 참 별종이라는 생각이 들었다.

지석이 물었다.

"왜 웃어?"

"그냥."

그렇게 말하고 난 뒤 영서는 더는 시간을 끌 수 없다는 것을 알았다. 자신의 견해를 분명히 밝히는 것이 서로에게 좋았다.

"네가 나에 관해 이런저런 이야기를 하고 다닌다는 소문을 들었어. 나에게 호감을 느낀 이유가 학원도 안 다니는 내가 성적이 좋아서라는 말을 너한테 직접 듣지 않고 소문으로 듣게 된 것은 정말 유감이야. 하지만 뭐, 더는 신경 쓰지 않기로 했어. 소문은 이내 잠잠해질 테니까. 그리고 조금 전에도 말했듯이 난 너한테 고마운 마음이 많아. 그 마음을 잊지 않고 간직할 거야."

"영서야."

지석이가 가로막았으나 영서는 말을 멈추지 않았다.

"우리 그냥 좋은 친구로 지내자."

영서는 안간힘을 다해 지석이를 따뜻하게 바라보았다. 지석이도 타이밍을 놓치지 않으려는 듯 적극적으로 나왔다.

"내가 지난번에 손경은과 김민지 앞에서 음식에 대해 그렇게 말했던 것은……."

"그 이야기는 더 하고 싶지 않아."

영서는 지석이가 변명할 기회를 주지 않고 단호한 태도로 말을 끊었다. 고마운 마음이 있는 것은 사실이지만, 지석이라는 퍽퍽한 산기슭을 더 탐색하고 싶지는 않았다. 지석이를 신경 쓰지 않고, 서영서의 세상을 가꾸고 싶었다. 이제는 잘할 수 있을 것 같았다.

지석이가 울먹이며 말했다.

"어떻게 하면 네가 날 다시 받아들일까?"

영서는 대답 대신 고개를 가로저었다. 하지만 차마 표현하지 못한 말들이 온몸에서 흘러넘치고 있다는 것을 깨달았다. 그것을 혼잣말로 끝내서는 안 된다는 것도 알았다. 영서는 진심을 담아 지석이에게 말했다.

"내가 지금 너라는 골목에서 나가듯이 너도 거기서 나와."

그리고 밖에서 친구로 다시 만나자. 마지막 말은 애써 삼켰다. 지석이는 퍽 난감한 표정이었고 더는 아무 말을 하지 않았기에 영서는 지석이와의 이별을 실감하지 않을 수 없었다. 혼자 맥문동 언덕을 내려오면서 영서는 이렇게 읊조렸다.

"그리고 나를 사랑했다."

오늘 일기장에 꼭 써넣어야 할 말이었다.

교실에 도착했을 즈음 지석이의 문자를 받았다.

미안해.

딱 그 한마디였지만 그동안의 상처를 치유하기에 부족함이 없었다. 처음 들어보는, 신기하고 소중한 한마디에서 영서는 감정 표현의 힘을 다시 한번 느꼈고 정성을 담아 고맙다는 답장을 보냈다.